TAKE
SHOBO

断罪回避失敗！

なのにメインヒーローと幸せ溺愛新婚生活満喫中⁉

高遠すばる

Illustration
花綵いおり

蜜猫
Mitsuneko F

contents

イラスト／花綵いおり

断罪回避失敗！

なのにメインヒーローと溺愛新婚生活 幸せ満喫中!?

プロローグ

「イザベラ・モントローザ！　俺はお前との婚約を破棄する！　この愛らしいリリアにした仕打ち、忘れたとは言わせない！」

煌《きら》めく夜会のホールで、婚約破棄の宣言が響き渡り、婚約者や周囲の人間の鋭いまなざしが、一斉に自分に向けられた。

変わらなかった結末に、イザベラは目を伏せた。

——結局、こうなってしまうのね……。

イザベラの生まれた国、スピネル王国は一夫一妻制で不貞を許さない。新たな婚約者を得るには一度解消しなければならないのは道理にかなっている。それにしたって婚約破棄、というのは過激な手段だろう。だが、そうなる理由が、この世界にはあった。

小説、『溺れるような愛を君に』。それは前世、日本という国でイザベラが愛読していた小説の題名だった。

この小説は主人公にしてヒロインの「リリア・ブルーベル子爵令嬢」が身分ある二人のヒーローに愛され、揺れ動く恋心と様々な障害を乗り越えて、最終的にはメインヒーローの公爵と結ばれるという物語。

そこでスパイスとなるのがヒーローの一人である侯爵、フリッツ・アッカーマンを婚約者に持つ悪役令嬢イザベラ・モントローザだ。

リリアの窮地には大抵イザベラがかかわっており、リリアは嫉妬からイザベラに悪質な嫌がらせを繰り返される。

さらにイザベラの生家であるモントローザ侯爵家では違法な魔道具の売買をしていて、イザベラはクライマックスに、その違法魔道具でリリアに害を加えようとして決定的な断罪を受けることとなるのだ。流刑になった先で、イザベラはぽっくり、というわけである。

この小説に出てくる悪役令嬢こそ今の自分だと気付いた時、イザベラは一瞬、嘘だと思った。

イザベラが前世を思い出したのは九歳のころ、イザベラは謎の高熱を出して倒れた。

目が覚めると前世、自分が日本という異世界で暮らしていたことを思い出していたのだ。

前世を思い出したからか、使用人達からはわがまま放題の甘やかされて育ったお嬢様だったのに信じられないくらいおとなしくなったと噂されたものだ。

前世は、平凡な焦げ茶の髪に黒い目をした、日本人らしく平たい顔の女だったが、対して今のイザベラは金の髪、アメジストのような透き通った瞳。少女ながらに絶世と言う言葉が似合う美しさを持つ子供だった。

その特徴ある美しい容姿を見て、自分がお気に入りだった小説の中のイザベラに転生している事に気付いたのだ。

前世のイザベラはブラック企業に勤めていて若くして過労でなくなってしまった。せっかくこんなに美しく生まれたのにまた若くして死にたくない。断罪ルートまっしぐらなんてごめんだ。

イザベラは記憶が戻ったその日から小説の展開に抗《あらが》うべく、動き始めた。

転生ボーナスなんてものはない。

イザベラは特殊技能などない一般人だから、できることは限られていた。

まずは、自分が送られる北の修道院へ、使える範囲の金額を使い、たくさんの寄付をした。

これは全てが失敗に終り、断罪されたあと、せめてそのあと楽しく暮らせる為の保険だ。

修道院の環境は良くなり感謝された。

次に断罪の根本的な原因の両親の不仲を正した。

イザベラの父母の仲は悪く、互いに互いの浮気を疑っていた。そして、相手を陥れようとして原作の夫婦は魔法道具に手を出しはじめる。

愛しあっているが故の不信という本当に小さなボタンの掛け違いでおきた両親の不仲は、イザベラの必死の努力によって取り持たれた。

今の両親は、原作小説では互いの浮気を証明すべく手を出した違法魔道具なんて売買どころか触ってもいない。

この世界における魔道具は便利な道具であるが、それはきちんと手続きされたうえで作られた魔道具だけ。

危険だったり、効果のわからない魔道具は違法魔道具として、現代日本で言う麻薬のような扱いを受けている。持っているだけで犯罪なのだ。

努力の甲斐があり、今のイザベラにはそもそもそれらを入手する手段がないのだから、イザベラが断罪されることはもうないだろう。

これで安心!　これでイザベラは普通に生きて、天寿を全うできるのだ!

（……そう、思っていたのよね）

原作の主人公であり、ヒロインでもあるリリア・ブルーベル子爵令嬢に出会ったとき、いざベラは絶望することになった。

イザベラの体は急に自由を失い、イザベラの意思に反してリリアを傷つけるように動いたのだ。

「はじめまして、ご紹介にあずかりました、リリア・ブルーベルと申します」

「まあ、マナーの稚拙《ちせつ》なこと。田舎者で、親の爵位も低いとそうお育ちになってしまうのかしら」

「え……」

「モントローザ嬢？」

茶会の主催者が目を見開いてイザベラを呼ぶ。周囲が驚いてイザベラを見ていた。

イザベラは自分の行為が信じられなかった。

けれど謝罪しようにも口は動かず、表情は不機嫌にリリアをにらみつけるばかり。

モントローザ侯爵家の名前の力でその時はなにもなかったとして収められたが、その行為はどんどんエスカレートしていき、別の茶会にやってきたリリアのドレスに紅茶をかけて追いだしたことだってあった。もう少しで彼女に大火傷《おおやけど》を負わすところだった。

そうしたいなんて全く思っていないのに。

イザベラがそういう行動をしてしまうのは、きまって原作にあるリリアへの加害のシーンの時だけ。

イザベラは、これは小説の世界における、原作通りに物事を進ませようとする大いなる力、言葉にするなら「強制力」というものなのではないかと思った。

『これだけ必死に足掻いても、強制力にはかなわないのね……』

そうして、諦め、という言葉がイザベラに重くのしかかったのだった。


イザベラの婚約者の家であるアッカーマン侯爵家が主催し、設《しつら》えを整えられたパーティーホールは広く、きらびやかなもので、伯爵以上の高位貴族が多く集まっていた。

そんな衆目の集まる場所で婚約破棄するなど、された側のイザベラの未来は、もはや閉ざされたと言っても過言ではないというのに。それをわかっているのだろうか。

フリッツに抱きしめられ、震えながらこちらを見ているリリアと呼ばれた女性は、リリア・ブルーベル。子爵家の令嬢だ。

一夫一妻制のこの国では、本来なら責められるべきは不貞を働き、ブルーベル子爵令嬢であるリリアに懸想したフリッツや、それを受け入れたリリアだ。

だが、イザベラが彼らに悪意を持って接していたのは社交界にいる人間ならだれもが知る事実で、だから、責めるような目はほとんどがイザベラに向けられていた。

フリッツの心変わりも致し方ない、というように。

イザベラは、伏せた目から涙をこぼさぬよう、目元に力を込めた。扇で口元を隠し、かみしめている唇が見えないようにする。

今日のためにと両親があつらえてくれた、大輪の薔薇《ばら》のような赤いドレスを握りしめる手が意識せずに震えている。

「イザベラ・モントローザ。なんとか言ったらどうなんだ！」

「……申し開きはいたしませんわ」

「ほう、それは罪を認めた、ということか？」

「…………」

イザベラは沈黙した。ここで、そうしたのはイザベラの意思ではなかったのだ、と言っても、一連の事件を目撃していたものが多い以上、信じてもらうことは難しいだろう。

唯一のイザベラの味方である両親は招待されていないので欠席している。味方のいない状況で、どうして抵抗できるだろうか。

じわり、じわりと、イザベラの指先が冷たくなっていく。

絹の手袋の中は凍えるようだった。

だが、イザベラは違法魔道具に手を出してなどいない。だから罪はきっと重くはならないだろう。そう祈るよりほかなかった。

「イザベラ・モントローザ、貴様のリリアへの悪行の数々は許しがたい。よって貴様はこの社交界から追放する！」

イザベラは小さくうなだれた。

軽い罰でよかった、と思うことはない。

社交界から追放される、ということは、実質貴族としての死に等しいことだからだ。

修道院に送られるだろうイザベラは、もう普通に生きることは許されまい。

貴族は社交界で結婚相手を探し、情報を仕入れる。

追放されたのがイザベラだけなのでまだましだが、両親は後継ぎに苦労するだろう。

せめて両親に咎《とが》はありませんように。

狼狽《うろた》えたところを見せないように、と引き締めた顔は、きつい容貌のイザベラがそうすると冷たい表情に見えるそうだ。

ひそひそと「なんてかわいげのない女だ、こんな状況に動じてすらいない」という声が聞こえてくる。

それを耳にしてか、それともイザベラが言い返さないことにか、満足げに頷《うなず》いたフリッツは「さあ、出ていけ！　イザベラ・モントローザ！」と声高に言い放った。

婚約者――いいや、元婚約者である彼の腕に抱きしめられた小説のヒロイン「リリア・ブルーベル」は安心したような表情でフリッツを見ている。

やはりヒロインだから、大切にされるのだわ。

ハッピーエンドも確定とは、うらやましい。

そんなことを思い、こみあげる涙をこらえ、イザベラがたったひとり、せめて自分の脚で出て行ってやろう、と踵《きびす》を返した、その時だった。

「君が彼女をいらない、というのなら、私にくれないか。フリッツ・アッカーマン殿」

ざあっと人波が割れる。ざわめいていた会場が、その涼やかな一声でしいんと静まり返った。

こつ、こつ、と優美な靴音を響かせて歩いてきたのは、美しい、鴉《からす》の濡《ぬ》れ羽のようにつややかな漆黒の髪の隙間から、本当に光を放っているかと錯覚するかのような黄金の瞳を瞬かせた優美な青年だった。

上背もあり、一見細身に見えるしなやかな体躯《たいく》はよく見ればしっかり鍛え上げられているのがわかる。

張りのある麗しいテノールで放たれた一言により、一瞬で場を支配した青年の名前を、イザベラは知っている。

彼はウェストリンギア公爵閣下――小説『溺れるような愛を君に』のメインヒーローにして、豊かな紫水晶の鉱山と、巨大な港を抱くウェストリンギア領の若き辣腕当主である、アドリアン・ウェストリンギアだ。

ウェストリンギア公爵――アドリアンはイザベラを守るように、フリッツとイザベラの間に立つと、イザベラを振り返った。ふっとやわらかく目元を細められ、イザベラは目を瞬く。

メインヒーローであり社交界の花形である貴公子、ウェストリンギア公爵が、今まさに断罪を受けているイザベラを庇う理由を思いつかない。

困惑するイザベラをよそに、アドリアンはやわらかな表情を崩さなかった。

イザベラを視界から隠される形になったフリッツが不機嫌そうに口を開いた。

「その女を庇うのか。くれ、とはどういうことだ、ウェストリンギア公爵」

「言葉通りだ。君が彼女をいらないと言うのなら、私が彼女を——イザベラ・モントローザ嬢を攫《さら》っても文句はないいな？」

「……は、愛人にでもするつもりか？　しかしその女はこのリリアを虐げた悪女だ、君には愛人だとしてもふさわしくない」

フリッツの言葉にアドリアンが、はは、と笑い声を立てる。

イザベラはやっぱり、とうなだれた。

これは、イザベラをからかっているだけなんだわ、と。

そもそも、アドリアンは原作には登場するが、今、イザベラが生きているこの現実では、今の今までイザベラとの関係はなかった。

それもそのはずで、イザベラはアドリアンとの接触をなるべく避けるようにして生きて来たのだ。その甲斐あってか今日まで表だったアドリアンの登場はなかった。

原作では、このシーンでイザベラとイザベラの両親の悪事を暴くのはアドリアンの功績だった。リリアに恋をしたアドリアンが、イザベラを断罪するために水面下からイザベラを追い詰める様子に、前世のイザベラは興奮したものだ。

イザベラが、薔薇色《ばらいろ》の唇をきゅ、と噛《か》む——その、瞬間だった。

ずん、と、広間の温度が数度下がった。

いいや、実際はそんなことはないのだろう。

けれど、そう感じるほどの圧力が、その場にいる全員を襲った。アドリアンが、静かに口を開く。

すさまじい圧力は、彼を中心に発せられているようだった。

「愛人？　冗談だと受け取っておこう。そうしなければ、私は君にいますぐ手袋を叩《たた》きつけてしまうだろうから」

アドリアンの顔は、形ばかり微笑《ほほえ》んでいた。しかし、彼が並々ならぬ怒りを抱いているということはすぐにわかる。アドリアンの目は笑っておらず、背筋の凍るような怒りの色を孕《はら》んでいたからだ。

「け、決闘を申し込むというのか、その女のために」

フリッツの声が裏返る。

明らかにおびえた様子の彼に、アドリアンはにっこりとほほ笑む。

アドリアンの黄金色の目が、凍《い》てつくような色を帯びてフリッツに、そしてフリッツの隣にいる驚いたような表情のリリアに向けられる。

「冗談だと受け取る、といったはずだ。フリッツ・アッカーマン。もっとも、君がまだ彼女……我が愛《いと》しのイザベラ・モントローザ嬢を貶《おとし》めるつもりなら、いつでもこの言葉を撤回する用意はある。私が今君に手袋を投げないのには、優しいモントローザ嬢に血なまぐさい光景を見せて幻滅されたくない、という理由しかないのだから」

「……おかしくなったのか、ウェストリンギア公爵。イザベラは身分をかさにきてリリアを虐《しいた》げた女だぞ」

悪女、と言わないのは、アドリアンの言葉を恐れているからだろうか。

アドリアンの無言の笑みに、フリッツが威圧されている。

「私はその光景を見ていない。証拠がない以上、私は自分が見たものしか信用しないのでね」

フリッツは黙り込んだ。イザベラの悪事の証拠に目撃証言しか挙げられない、ということを不利だと思ったのだろう。

「証拠がないのならばこの時において、私がモントローザ嬢を信用してもいいだろう」

イザベラは、アドリアンの宣言じみた言葉に目を見開いた。

信用する、なんて、この世界に生まれて初めて言われた。

小説の強制力に苦しんできだイザベラにとって、その言葉は救いだ。

イザベラは唇を噛んだ。

けれどこれは先ほどまでと同じ意味ではない。あふれそうになる涙をこらえ、イザベラはゆっくりと瞬《まばた》きをした。

これで物語から退場するとしても、その言葉だけでいいと思えるほど、アドリアンの言葉はイザベラの胸に染み入った。

そんなイザベラに、あたたかなまなざしが注がれる。アドリアンだ。アドリアンは、イザベラの前に跪《ひざまず》き、イザベラに向けて乞うように手を差し伸べた。

アドリアンの一挙一動を待っていた招待客たちがどよめく。

心臓がばくばくとうるさい。

そんなイザベラの眼前に跪いたアドリアンが、先ほどまでの凍るようなまなざしが嘘のように、蕩《とろ》けるような笑みを浮かべている。

「イザベラ・モントローザ嬢、あなたの意思を無視して求婚することをお許しください。婚約が解消となったばかりでこんなことを申し上げるのは不誠実だと思われるでしょうが、今を逃しては、美しいあなたが誰かに攫われてしまうと思ったのです」

「え、ええ……」

イザベラはそれだけを口にしてぎゅっと胸を押さえた。

イザベラの金髪が、シャンデリアの灯《あか》りを反射して朱色に輝く。

燃えるような色は、イザベラの赤い顔色をごまかしてくれるようだった。

アドリアンが、そんなイザベラを見つめて微笑む。

愛しくてならない、というような笑みだった。イザベラは、アドリアンの唇がゆるやかに動くところから目を離せなかった。

「……愛しています。イザベラ・モントローザ嬢。どうか、私と結婚してください」

「……はい」

それ以外に、なんと言えただろう。

イザベラには、アドリアンがなにを考えていたとしても、この手を取るよりほかに生き残るすべはない。

イザベラは、震える手でアドリアンの手を取った。

「ありがとうございます。イザベラ・モントローザ嬢。あなたを、生涯をかけて大切にします」

言葉だけは冷静だった。

平静なように聞こえた。

けれど、アドリアンのたくましい腕が、イザベラをまるで姫君にそうするかのように抱き上げたとき、イザベラは彼が心から喜んでいるのを理解した。

「ウェ、ウェストリンギア公爵閣下……！」

「アドリアン、と。あなたには、そう呼んでほしいのです」

「え、ええ……っ？」

混乱するイザベラを抱きかかえたまま、アドリアンが嬉《うれ》しそうに微笑む。まるで宝物を手にしたような顔に、イザベラはますますわけがわからなくなった。

イザベラは悪役令嬢だ。

それが、メインヒーローであるアドリアンに求婚されるなんて、こんな展開は知らない。

窮地から抜け出すためには、求婚を受けるしかなかった。

けれど、それがイザベラが全く予想しえなかったアドリアンからのものであるということに、会場から連れ去られながら、イザベラは戸惑うばかりだった。

第一章

優美な曲線を描く白いソファに座り、ウェストリンギア公爵家の使用人が淹《い》れてくれたハーブティーを一口飲む。

カモミールだろうか、香りの優しくあたたかなハーブティーはイザベラの心に刺さったとげをひとつずつ抜いてくれるような味がした。

あの婚約破棄騒動のあと、アドリアンに連れられたイザベラは王都にあるウェストリンギア公爵家所有の別邸へとやって来ていた。

ウェストリンギア公爵家の使用人はその家名にふさわしく優秀なようで、アドリアンに突然連れてこられたイザベラに対して丁寧に世話をしてくれた。

身体を清められ、着心地のいい部屋着に着せ替えられ、寝る前のお茶まで用意されて、イザベラはあまりにもこまやかな気遣いにさすがは名高きウェストリンギア公爵家の使用人だわ、と舌を巻いたものである。

だからこそ、だろうか。なにくれとなく世話をされて、イザベラはようやっと自分が置かれている状況について考えることができた。

公爵家に向かう馬車の中で、アドリアンはイザベラをじっと見つめてきた。まるで、長年恋い焦がれた愛しい相手が目の前にいるかのように。

あの美しい黄金の目がイザベラを映しているのが不思議だった。本来、そんな風に見られるのは小説『溺れるような愛を君に』のヒロインであるリリアだけなのに。

小説の中のアドリアンは愛情深く、一途《いちず》なキャラクターだ。

その一方で、敵対する者には狡猾《こうかつ》で策略家な一面もある。

前者がリリアへ、後者がイザベラに向けられるものだと思っていたから、その愛情が自分に向けられているのは純粋に不思議だった。

――アドリアン様。

――なんですか？　モントローザ嬢。

――イザベラ、で大丈夫ですわ、私もアドリアン様とお呼びしますし。……どうして、私に求婚してくださったんですか？

馬車の中での会話を思い出す。

あのまま行けば、イザベラは貴族令嬢として生きていくためのすべてを失っていただろう。

窮地を救ってくれたアドリアンには感謝している。

けれど、だからこそ、アドリアンが自分を助けてくれた理由がわからない。

だって、イザベラとアドリアンの間には、なにも面識がない。いいや、ないわけではない。挨拶くらいはするし。ただ、求婚する、されるような間柄では少なくともなかったはずだ。

イザベラの疑問にアドリアンが笑みを深める。

とろりと蕩けるような色をした黄金の目が、イザベラを映してゆるりと細まった。

その瞳の中に映るイザベラはどこか不安そうで、イザベラは自分がアドリアンに対してどう対応すべきか考えあぐねていることを理解した。

──あなたが好きだからですよ。

──私、を……？

アドリアンの言葉に、イザベラはきょとんと目を瞬いた。

好き、好き……？　アドリアン様が、私を……？

そう言われたとき、確かに聞きたいことは沢山あった。リリアを好きだったのではないか、だとか、フリッツと仲が良かったのではないか、だとか。

でも、その時告げられた答えが衝撃的過ぎてそれ以外の質問ができなかった。

原作の小説と違い過ぎる。

おそらく、アドリアンは、今、婚約破棄という醜聞の的であるイザベラを、その心ない視線と噂《うわさ》から守るために屋敷に泊めてくれたのだろう。

だけれど、いくらアドリアンの「イザベラを好きだから求婚した」という言葉が正しいとしたって、リリア・ブルーベル子爵令嬢を虐げたという事実も噂もあるイザベラを屋敷に匿《かくま》うのはリスクが高すぎる。

ウェストリンギア公爵家にまで悪い噂がついて回るようになったらどうするのだろう。

――私は、悪い噂のある令嬢です。そんな私がアドリアン様のご迷惑にならないわけがありませんわ。

そう言って目を伏せたイザベラを、アドリアンはまるで怯《おび》える子猫でも見るかのようなまなざしで見つめてきた。

そうして、アドリアンの手の平がそうっとイザベラの頬《ほお》を撫《な》でたのだ。

――その噂が本当かどうか、なんて私にはどうでもいいことです。言ったでしょう？　私はその光景を見ていないし、事実だとして君が望んで噂通りのことをするとは思えない。

その顔は真剣だった。本心からそう思っていることがわかって、イザベラは嬉しいより困惑した。

戸惑ったイザベラの頬をアドリアンが撫でおろす。

つう、と顎を伝うアドリアンの指先に、イザベラの心臓がきゅんとはねた。

――私が、君を信用しないなんて、そんなことはありえません。私は、君が誰より優しいことを知っています。幼いころ、私とあなたは出会っているんですよ。

アドリアンの言葉に、イザベラは目を瞬いた。

イザベラにはアドリアンと出会った記憶などない。

けれど、アドリアンの勘違いというには、彼の言葉は自信と確信に満《み》ち溢《あふ》れていた。

そこまで思いだしてイザベラは、はっと我に返った。ノックの音が聞こえたのだ。

「イザベラ、入っていいですか?」

わざわざ確認を取るアドリアンに、イザベラは首を傾《かし》げた。

いいもなにも、この屋敷の主はアドリアンだ。もしかして、イザベラが未婚の娘だから気を遣ってくれたのだろうか。こんな醜聞にまみれた私を淑女として扱ってくれている?

夜着を着ているからガウンを羽織り、イザベラは入室の許可を出す。

「アドリアン様、なにか問題がありましたか?」

「……いいえ、深夜にすみません。イザベラ」

「あら……では、私にご用が?」

イザベラはことりと首をかしげてアドリアンを見上げた。

アドリアンの鴉の濡れ羽のような髪は月の光を受けて輝き、その下にある秀麗なおもてをより一層美しく飾っている。

「いいえ、用と言えるほどのものではありません。ただ……君が、あのフリッツ・アッカーマンから解放され、私の屋敷にいる……それが、夢のようで……本当のことか、たしかめたくて、ここに来てしまいました」

「夢ではありません。アドリアン様、あなたが助けてくださったから、私は公の場で罰を受けず、ここに五体満足でいられるのです」

イザベラを好きだと言って、求婚までして……それはつまり、自分の人生をイザベラのために捧げてくれた、ということだ。

「ありがとうございます。アドリアン様。あなたがいなければ、私はきっと、この世界に絶望したまま儚《はかな》くなっておりました」

イザベラはそこまで言って、ぞっとした。そうだ。イザベラは、あの時アドリアンが庇ってくれなければ、求婚して、あの場から連れ出してくれなければ、誰にも弁解できず終わっていただろう。

イザベラの震えを察したのかもしれない。アドリアンの腕が、そっとガウン越しのイザベラの身体を抱きしめた。

「イザベラ、大丈夫、大丈夫ですからね。私はけして、君を疑わない。あの噂にも、なにか理由があったのだと確信しています」

「アドリアン様……」

アドリアンの腕はたくましく、あたたかい。

それにほっとしてしまって、イザベラは、はぁっと息をついた。

不思議だ。アドリアンに信じている、と言われると、それが本心なのだと安心してしまう。

イザベラの身体が緩む。アドリアンの身体にそっと身を摺《す》り寄せて、ゆっくりと呼吸を整えていった。

「イザベラ、君に触れてもいいですか？」

「今、触れているじゃないですか」

「そうではなく……。君を、愛したい」

「……ッ」

イザベラは息を呑《の》んだ。

欲しがられている、ということが、イザベラの頬をかっと熱くする。

「急にすみません。でも、フリッツの手から奪った君を、自分のものだと思いたい。君を、愛したい」

「アドリアン、さま……」

イザベラは小さく何度も息を吐いた。アドリアンの、強い黄金色のまなざしがイザベラを射抜く。

胸がぎゅうっと締め付けられるような、きゅんとわななくような、そんな心地がする。

イザベラは、しばしの逡巡《しゅんじゅん》のあと、こく、と、ごくわずかに頷いた。

「イザベラ……」

ふいに、頤《あご》を掬《すく》い上げるように持ち上げられた。

アドリアンの黄金の瞳いっぱいにイザベラの顔が映っている。驚いたような自分の表情にはっと目を見張った瞬間――イザベラのサクランボのような唇に、アドリアンの唇が重ねられた。

「ん……ッ」

咄嗟《とっさ》に息を詰める。アドリアンの突然の口づけに戸惑って、彼の胸を押し返すように手を添えた。けれど、アドリアンの手のひらが優しくイザベラの背を撫でるから、それがくすぐったく、恥ずかしくて、押し返すほどには至らない。

アドリアンの胸に添えられたイザベラの白い手が、アドリアンの骨ばったもう片方の手にやわらかくとられる。指の一本一本を絡めるようなつなぎ方に、イザベラは頬を染めた。

アドリアンの指先が、イザベラの指の間、水かきのところをくすぐるように撫でる。それに背中を通り抜けるようなくすぐったさを感じてしまって、イザベラは肩を震わせた。

いくらしっかり着せ付けられたネグリジェとはいえ、アドリアンの行為から身を隔てるには心もとない。

そのまま、まるでワルツでも踊るかのようにくるりと回り、ベッドにそっと下ろされる。腰かけたベッドのスプリングは軽く軋《きし》み、二人分の体重がそこに乗っていることをイザベラに強く認識させた。

「ふ、かわいい……かわいいですね、イザベラ……」

一瞬唇を解放されて、イザベラはぷは、と息を吸った。口付けなんて、前世でも今生でも初めてでどう息をしていいかわからない。前世では就職して数年の、二十代前半で死んだのだ。

そうでなくとも男っ気のない人生だった。男性とこういう行為をしたことなどない。イザベラの中の知識は世に流通していた恋愛小説の中のもの程度しかないのだ。

ずっと息を止めていたせいでほんのりと朱に染まったイザベラの頬に、ちゅ、と唇を寄せられる。熱い吐息が頬にかかり、イザベラはますます顔を熱くした。アドリアンの体が近い。膝を割るようにベッドに乗り上げられる。

「あ、アドリアン、様」

心臓がばくばくとうるさい。アドリアンの纏《まと》う空気がなんだか怪しい。いけないことをしている気になって、イザベラはアドリアンの視線を振り切るように、その美しいおもてから顔を背けた。

「キス、はじめてなんですか？」

「え、ええ……」

聞かれるままに答えてしまう。そんな恥ずかしいこと、聞かなくていいでしょう、と怒ってもいいのに。でも、どうしてか、そういう質問にすら唇を開いて、かすれた声で返してしまうのだ。この空気は、きっと、よくない。

アドリアンの唇が、イザベラの背けた顔を追いかけて再びキスの形に重ねられた。ちゅ、ちゅ、と小鳥のついばむような口づけに、イザベラの肩から力が抜ける。求婚されたからって、こんなのは性急に過ぎるのではないだろうか。

そんな考えすらけぶる思考に溶けていく。

「ん、ふう、ん……」

きゅ、と絡まった指を甘やかすようにくすぐられて、イザベラは思わず鼻にかかったような声を漏らしてしまった。

その時だった。油断しきったイザベラの、キスを繰り返してぽってり腫れた唇の間に、そっと、アドリアンの肉厚の舌が差し入れられた。

「……?」

思わず、アドリアンと繋いだ手に力を込めてしまう。ぎゅうう、と握った手を、アドリアンが目を細めて見降ろしている。

黄金色のまなざしが、注意深く、けれど嬉しそうにイザベラに注がれているのがこそばゆい。

突然のことに震えて、腰の引けたイザベラを引き留めるように、背に回されたアドリアンの手に力がこもるのがわかった。

密着した身体……アドリアンのたくましい胸に、イザベラのやわらかな胸が押しつぶされてふにゃりと形を変える。

アドリアンが、イザベラを抱きしめたままベッドに乗り上げる。まるで壊れ物を扱うかのように白いシーツの上に降ろされて、イザベラはきゅ、と目を閉じた。

アドリアンの舌がイザベラの舌をそうっとつつく。まるで無害な顔をした侵入者は、イザベラの怯えて縮こまっている舌を優しく絡め、表面のざらつきをこすり合わせるようにしてイザベラの口内を甘やかした。

くち、くち、と唾液のかき混ざる音と、ふうふうと鼻から必死に息をするイザベラの呼吸音だけが深夜の静かな部屋に響く。

「ん、んん……、ん、ふ……」

そうして、すっかり安心しきったイザベラの小さく薄い舌は、突然にじゅう、と乱暴に吸われた。ぞくぞくぞく、と背筋に震えが走る。それなのに、ぴったりと抱きしめられているからその感覚を逃がせない。この感覚の正体もわからないまま、翻弄されている。

「んー！　んぅ……ッ！」

アドリアンに挟まれた脚が、イザベラの動きを制限して、だからイザベラは、今背筋を電流のように走り抜けたものが快楽だと気付くことができなかった。ふ、とアドリアンの笑みが降ってくる。

突然乱暴にしたおわびのように、アドリアンの厚い舌がイザベラの上顎をこしゅこしゅ、とくすぐる。小さな口の中で逃げ場のない上顎のざらつきを、舌先でこすりたてられるとたまらなかった。

ぴくん、ぴくん、と体を揺らすことしかできないのは、アドリアンの腕がしっかりとイザベラを捕らえているからだ。

めいっぱいに愛している、と口内を甘やかされ、イザベラは抵抗らしい抵抗をできない。ほだされてしまう。

「ふ、ん……ぷぁ」

「イザベラ、かわいい、イザベラ……私の……ん……」

一瞬、イザベラの唇を解放したアドリアンが、吐息とかき混ぜるようにしてイザベラを愛《め》でる言葉を口にする。ただでさえ熱い体が、その言葉でかあっと沸騰するようになる。

歯列をなぞり、内頬をこすりたて、そうしてすっかり力の抜けた舌を、からめとってアドリアンの口の中に招き入れられる。

アドリアンの行儀よく並んだ歯にやわらかく噛まれて、イザベラはびくびくと体を震るわせた。

こんなキスなんて知らない。いいや、そもそもこれはキスなのだろうか。

フリッツとは手を繋《つな》ぐことすらしなかった。もの知らぬイザベラをひたすらに甘やかに蕩かして、アドリアンはイザベラの唾液ごとイザベラの舌を味わっている。

たとえようもない官能の渦に巻き込まれ、イザベラは力もなくアドリアンの手を握るしかできない。

「ん、ん……ぁ……」

「……ふふ、イザベラ、キスだけでこんなふうになってしまったんですか。……かわいい、かわいいですね……」

「は、ぁ……キス、なんですか、これが……」

「そう、キスですよ」

アドリアンに解放された唇が腫れぼったく感じる。

そうっとアドリアンの手が背中から抜かれ、ベッドに完全に横たえられる。

アドリアンがイザベラの首筋に唇を寄せて、次の瞬間ちくりとわずかな痛みが走る。

そしてその大きな手がイザベラの胸にふに、と沈められて――イザベラははっと我に返った。

「あ、アドリアン様……ッ」

「なんですか？　イザベラ」

「結婚前、です、こういうことは……ッ」

いくら性にうといイザベラでも、今からアドリアンが行おうとしている行為が「そういう」ことだとは理解できる。

イザベラは首をふるふると横に振った。月に透けるような金糸の髪がぱさりとシーツに落ち音を立てる。けれど、アドリアンはふっと笑うと、イザベラの髪をひと房とって口づけ、やわらかく微笑んだ。

優しい笑みなのに、黄金色の目だけが、暗闇の中の月のように爛々《らんらん》と輝いている。

「練習ということにしませんか？　イザベラ」

「練習ですか……？」

「そう、私たちはもう、すぐにでも結婚するのだから、こういうことには慣れておいた方がいい。イザベラ、それとも、私とこういう行為をするのは怖い？」

　敬語を取り払って、アドリアンは乞うように言った。

　イザベラはぐ、と唇を噛んだ。そんな聞き方はずるい。イザベラだって、アドリアンに憧れていたのだ。小説のメインヒーローだからという理由だけではなく、社交界で遠目に見かけるたび、素敵な人だと思っていた。

　この淡い想《おも》いが叶《かな》う日なんて来るわけはないと知っていたし、そう思っていたから、突然降ってわいたアドリアンの求婚に今も戸惑っている。

　けれど――……。

　イザベラは、ゆっくりと目を閉じた。返事の代わりに、繋いだ手にきゅう、と力を込める。

　それだけで、アドリアンにはわかったのだろう。

「ありがとう」

　そう言って、イザベラの額にキスを落とす。

　そうして、なにか、深い想いを噛《か》み締めるように言った。

「ずっと、君を好きだった。フリッツの婚約者だからと、君の幸せを願って身を引くつもりでした。……でも、イザベラ、君は私の腕の中に降りてきてくれました」

奇跡みたいだと思っています。アドリアンはそう言って、イザベラの頬をなぞるように撫でた。

アドリアンの黒髪が、窓から差し込む月を逆光にしてその表情を隠している。けれど、イザベラにはなぜかアドリアンが心の底から嬉しそうに笑っていることがわかった。愛《いと》おし気《げ》に何度もイザベラの顔に口付けるアドリアンに、胸が締め付けられるような心地になる。

ときめき、というのだろうか。心臓がきゅんと音を立てるのがわかる。

「イザベラ、君を、手に入れたのだと安心したい。……大丈夫、大切に愛します。痛い思いなど絶対にさせませんから」

「……はい」

イザベラは静かに頷いた。たったひとこと、イザベラがこぼした返答に、アドリアンは「ああ……」と、愛しくてならないというような声をあげて、イザベラの唇に触れるだけのキスを落とす。

「優しく、します……」

アドリアンの手が、夜着越しにイザベラの胸に触れられる。ふにゅん、と形を変えた胸に、アドリアンが深く溜息《ためいき》を吐く。

彼の手に触れている胸の先端が凝っているのがわかる。手のひらで、夜着越しに触れられているだけなのに、硬くなった茱萸《ぐみ》の実のようなそこは、アドリアンの手のひらに転がされてその硬度を上げた。

こりゅん、こりゅん、とアドリアンの手のひらを跳ね返すそこが恥ずかしい。

「ん、ん……」

アドリアンの手のひらに、胸が揉《も》みくちゃにされている。痛みはない。

「イザベラ、好きです、愛しています……」

アドリアンは、胸をやわらかく揉まれるだけですっかり息のあがったイザベラに笑みを向けると、夜着のリボンへと手をかけた。

するり、とほどかれるシルクのリボン。心もとないそれを、プレゼントの包みを開くようにして解いていくアドリアンの手は、けして乱暴な動きをしていない。

だというのに、今から奪われるのだと、その事実に、どうしようもなく恥ずかしくなってしまう。

やがて、夜着の合わせ目を左右に開いたアドリアンの眼前に、イザベラの白い裸身がさらされる。イザベラが身じろぎをすると、くちゅ、と股の間から水音がして、羞恥で顔が熱くなった。

すっかりツンと硬くなった胸の先端が、見下ろすと真っ赤に充血していた。

自分の体の変化が信じられない。初めてのことばかりでなにをしていいのか、どんな顔をしたらいいのかまったく未知だ。

アドリアンはそのままドロワーズまでもをイザベラから抜き取った。薄い下生えに視線を感じ、イザベラはきゅっと目を閉じた。

アドリアンが深く息を吐く。

「綺麗《きれい》だ……」

アドリアンの低い声が耳朶《じだ》を打つ。原作の小説の中でもイザベラは美しい女性だった。容姿を褒められることはあるが、こんな熱の籠もった声で言われたことなんてない。

婚約者であるフリッツとの間に温度のある関係なんてなかったから、尚更、響く。

イザベラは、生まれて初めてこんなふうに、万感の思いを込めて自分をほめられて、驚くより先にときめいてしまった。

嬉しい、とは少し違う。この人にすべて捧《ささ》げてしまってもいいと思えるような気持ち……そういうものを、胸に抱いた。

アドリアンの手のひらが、今度はなにも遮るもののない胸を揉む。

中指と薬指の間に胸の尖《とが》りを挟み、ゆっくりと弾くようにしてそこを刺激されるとたまらなかった。

「は、ぁ……んぅ」

指に押しつぶされた赤い果実が白い胸の中に埋まって、指の動きとともにまた顔を出す。

たったそれだけのことなのに、イザベラの息は熱くなって、腰の奥にきゅんとわななくなにかを感じてしまう。

アドリアンの指が、今度はそこを摘《つ》まみ上《あ》げた。急な強い刺激に、イザベラは「きゃぅ……ッ」と高い声を上げる。

それは、これが本当に自分の声かと疑うような甘い声で、イザベラはハッと驚いてアドリアンを見上げた。

「イザベラ、気持ちいいですか……?」

「あ……わかんな、……」

「ふふ、では、もっと丁寧にしなければいけませんね……」

摘まんで、離して、摘まんで、離して……。

優しい力で、イザベラの胸を甘やかすアドリアン。けして痛みなんてありはしないのに、じれったい動きにイザベラは鼻から甘い息をこぼし、胸を逸《そ》らしてしまう。繋いだ手に力を込めて、無意識のうちに強い刺激をねだってしまう。

まるで自分から胸を捧げるような格好をしてしまって、けれどイザベラはその事実に気付かない。

与えられる刺激に夢中になって、アドリアンの手にすがることしかできないでいたからだ。

「ずっとあなたが欲しかった……。でも、あなたはあの男の婚約者で、私には手の届かない人だった」

「ふ、ん……んぁ、ひぃ、う」

アドリアンの手が、イザベラの差し出した胸を軽く押しつぶすようにひねる。

それだけで背筋を駆け巡るぞくぞくとした震えに、イザベラは翻弄された。

「ふふ、イザベラ、気持ちいいんですか？　まだ胸の片方に触れているだけですよ」

「んん……ッ」

こくこく、とわけもわからず頷くイザベラに、アドリアンはふふ、と笑い声をたてる。

「かわいい、イザベラ。もっと私に溺れてください」

言って、アドリアンは今まで触れられていなかった左の乳房を口に含んだ。

「――ッあ」

口内に含まれたやわらかな白い肉が、アドリアンの口に咀嚼《そしゃく》されて形を変える。

けれど、その刺激は長くは続かず、つまり、アドリアンがもともとの目的地であった左の果実に狙いを定めるのはそのすぐ後だった。

肉厚の舌にねっとりと舐《ねぶ》られ、そのざらつきが果実のわずかな凹凸をざりざりとこすりあげては往復する。

「ひぁ、あ、ああん、ぁ、そこ……そこ……むりぃ……ッ」

それだけでもたまらないのに、アドリアンは時折そこに歯を立てた。甘噛み程度の力だが、散々焦らされた体にはその刺激は甘い媚毒《びどく》のようだった。

右の乳房は手で愛され、左の乳房は甘くいじめられる。

イザベラは繋いだ片手にぎゅうっと力を込めてそのおかしくなりそうな刺激に耐えた。

——けれど。

「——……あ、ッ」

こりり、と。アドリアンが果実に歯を立て、同時に反対側のそこを強く摘まみ上げた——瞬間、イザベラの中にある、なにか、決壊してはいけないものが決壊した。

「ああ、ぁあああン……ッ」

高い、澄んだ声が部屋に響く。なにかが来るような、いいや、なにかが遠くへ行ってしまうような感覚。

ぷし、となにかがアドリアンの服を濡らしたのを感じて、イザベラはさあっと顔を青ざめさせた。

「あ……私、いきなりこんな……ッ」

ぽろ、と目から涙がこぼれる。

アドリアンは自分のシャツに飛んだ透明な液体に愛し気に触れると、泣いているイザベラの目じりにキスを落とした。

「恥ずかしがる事はありませんよ。これはイザベラが気持ちよくなってくれたという証なんですから」

アドリアンは来ていたシャツを脱いだ。

たくましい体が眼前に曝《さら》され、イザベラは思わず息を呑んだ。均整の取れた体は、やはり筋肉がついていて美しい。

わずかに汗ばんだ体は、イザベラに興奮しているということだろうか。急に恥ずかしさが蘇《よみがえ》ってきて、イザベラは顔を赤くした。

「怖いですか……？」

「え……」

「この行為はまだ続きます。私も、まだまだ足りません。イザベラをもっと愛したい。……でも、イザベラが怖いなら、やめたいなら、ここでやめる覚悟があります」

イザベラは目を見開いた。そんなのずるい、こんなに愛しておいて、こんなに焦らしておいて、それでも自分は引けます、なんて余裕を持っている。

イザベラが欲しくてならない、と黄金色の瞳を輝かせておきながら、イザベラのためならここでやめられるという。

そんなの、ずるい。

「こ、わくない、です」

「イザベラ……？」

「こわく、ないから……ッ！　続けて……ぇ……」

はずかしくてどんどん声が小さくなる。はしたないと思われたくない。

けれど、どうしようもなくこの人が愛しくなってしまって、ほしい、と思ってしまった。

愛されて蕩け切った体がアドリアンを求めてわなないている。

イザベラは繋いだ手をほどき、アドリアンの首に手を回した。ぎゅっと抱き着いた体は、興奮のせいか熱い。

「イザベラ……」

アドリアンの声が耳元で響く。吐息とかき混ぜられたテノールが鼓膜をくすぐって、イザベラの体から力が抜ける。

「……わかりました。でも、覚悟してください」

――もう、止まれないから。

最後は吐息まじりの宣言だった。いや、宣告と言ってよかった。

アドリアンはイザベラの胸から指先を滑らせ、下肢へとその指先を到達させた。

くち……粘ついた水音が鳴る。

それがはしたないことのように思え、異様に恥ずかしくなって、イザベラはかあっと目元を熱くする。だというのに、アドリアンは嬉しそうにそこに触れて目を細めている。

秀麗《しゅうれい》な顔から一筋汗が伝い、イザベラの胸に落ちる。

ああ、触れあっているんだわ、そんなことを思って、イザベラはアドリアンを見つめた。互いの肌だけではない、きっと、もっと深い、心とか、全てが今触れあっている。

――この人が、好き。

イザベラの胸のうちに去来した感情は、そういう、生まれて初めての恋だった。

アドリアンの指先がイザベラのぴったりと閉じた二枚の花弁を手のひらでそっと揉む。絡んだ下生えがくしゅり……とこすれて、それがなんとも言えない官能を引き起こす。

「は、ぁ……」

「イザベラ……」

アドリアンの指が一本、そうっと花弁の中央に挿入された。けれどまだ誰も受け入れたことのない乙女であるそこは、アドリアンの指を拒否するかのようにぎゅうぎゅうとアドリアンの指を食い締めている。

「ん、んん……ふぅ……ァ」

「本当に、私がはじめてなんですね」

アドリアンは心から嬉しそうに微笑んで、イザベラの、しきりに蜜をこぼす花弁の中、浅いところを優しく、優しくこすりたてた。

「ァ……ん、あ。そこ、そこ……だめ……」

「だめ、じゃあないですよ、イザベラ」

アドリアンは、言って、イザベラの花弁の少し上、硬く凝った『なにか』をそっと摘まみ上げる。きゅ……と摘まれただけ、そう、それだけだった。

けれどイザベラが再びおかしくなってしまうにはそれだけで十分で、イザベラは突然頭の中に直接流し込まれた直接的な快楽に、アドリアンの背に爪を立てた。

「あ、ぁあ……ッ！　なに、なん……」

「ここは、女性が一番感じるところなんです。イザベラ、君にとってもそうだったようですね」

アドリアンの手が、花弁の中をかき混ぜ、もう片方の手が今摘まれたばかりの花芯をはじく。それだけでとぷとぷとこぼされる花蜜が、白いシーツをぐしょぐしょに濡らした。

「あん、ああ、ああん……ッ！」

「気持ちいいですか？」

アドリアンの意地悪な質問に、イザベラはわけもわからず首を横に振る。

こんなことを続けられてしまえば、自分はどうなってしまうのだろう。

わからないから怖かった。窓の外から差し込む白い月の光が二人を照らしている。目が慣れてきたのかもしれない。アドリアンの黄金の目は、イザベラを映して興奮したように瞳孔を大きくしている。

「そう、気持ちよくないなら、もっと丁寧に、気持ちよくしてさしあげないと……」

アドリアンはそんなことを言う。もういっぱいいっぱいに快楽を与えられてたまらないのに、イザベラにもっと上を強いるこの人は少し意地悪だ。

……それでも、その炯々《けいけい》と輝く黄金の目を見ると、イザベラの腹の奥はきゅんとときめいてしまうのだった。

「アドリアン、さま……」

「かわいいね、イザベラ……私のイザベラ」

アドリアンの指が、ほんの少し奥に押し込まれる。ふっくらと膨れた、ざらつきのようなもの、そこに触れて、指の腹でこしゅ、とひとなでした。

と同時に、花芯をきゅむ、と優しくつまむ――たった、それだけだった。

「ぁあああ……あ、ああ……ッ」

それだけで、イザベラはまた高みへ駆け上がってしまう。

頭がばちばちと弾けそうな感覚、イザベラの振りみだした金糸の髪がぱさ、とシーツを叩く。

それなのにアドリアンの指は止まらなくて、ざりざりとそこをこすりたて続ける。

イザベラの股の間からはまたあの透明な水がぷしゅ、と噴出して、それがアドリアンのたくましい腹を汚していた。でも、それを気にする余裕なんてありはしなかった。

「イザベラ、気持ちいい?」

「きもちい、きもちいです……ッ、きもちいから」

気持ちいいから、もうやめて！　そう叫んだつもりで、けれどその言葉はアドリアンの口の中へと飲み込まれた。

もうすっかり慣れてしまったキスをする。互いの唾液が混ざり合って、イザベラの唇の端からこぼれた。

「……気持ちいい？　よかった」

アドリアンがそう言って、指の動きをさらに早くする。こしゅこしゅと、イザベラの弱い部分を熟知しているとでもいうかのようにこすられて、イザベラはもうどうすればいいかわからない。

頭の中が沸騰しそうに熱い。だというのに、その熱の高まりには際限がないのだ。

イザベラは必死でアドリアンにしがみついた。もはや、爪を立てたら痛いだろう、なんてことは思えなかった。

そこまで考える余裕をすべて奪い取られ、イザベラはあえかな声を上げ続ける。

こちゅこちゅ、くしゅくしゅ、きゅ……。気づけば蜜壺《つぼ》に挿入されている指は増えていて、二本の指でそこをかき混ぜたり、三本目の指でもっと奥をくすぐったりと好き放題されている。

「ひぃ……あ、あぅ、ん……ッ」

アドリアンの黄金色の目が、イザベラの一挙一動を観察して、そうしてイザベラがよがるのを見ては嬉しそうに細くなる。

アドリアンの目には、イザベラしか映っていなかった。

(どうして、そんな風に、私のこと、好きなの)

心に浮かんだ疑問が、アドリアンに与えられる快感に塗りつぶされていく。

疑いようもない愛情によって、イザベラは今にもおぼれ死んでしまいそうだった。

「ぁあ、あぁん……ッ、ああ……ッ」

イザベラの喉からはひっきりなしに甘い声があふれる。時折その喉元にそっとキスを落とされて、それすら快楽として拾っている自分に驚愕《きょうがく》した。だって知らない、こんな快楽を知らない――……。

やがて、幾度繰り返したかわからない絶頂を迎え、くてくてになってしまったイザベラから、アドリアンは一度体を離した。

サイドテーブルの水差しからグラスに水を注ぎ、それを口に含んでイザベラへと口移しで飲ませる。

アドリアンの黒髪がさらり、と頬に触れる。それだけでも、熱くなりきったイザベラの体はぴくんと反応してしまう。

再びイザベラの体の上に覆いかぶさったアドリアンは、イザベラの額に、頬に、目元に、降るように口づけを落とした。だから、これで終わりかと思ったのだ。

イザベラはほっとアドリアンを見上げ――そして、その考えが、まったくの間違いだと知った。

アドリアンの目は、今もイザベラだけを映して輝いていたから。

「イザベラ」

アドリアンがイザベラの名を呼ぶ。世界で一番甘い声で。

「今から、君を奪うよ」

イザベラは一瞬だけ、その強すぎる眼差しに怯《ひる》んだ。けれど、なにが怖いというのだろうか。

イザベラは微笑み、アドリアンの首に手を回し、その唇に、伸び上がるようにキスをした。

水を飲ませてもらったと言えど、声はすっかりかすれている。だから、つまり、それが、答えだった。

アドリアンがスラックスを寛《くつろ》げる。飛び出してきた剛直に、イザベラは目を瞬いた。

とても、それがイザベラの中に入るとは思えなかったのだ。

思わず及び腰になったイザベラの目元に、またひとつ、アドリアンが口づけを落とす。

「イザベラ」

「アドリアン、様」

アドリアンの欲望が、イザベラの花弁に触れる。口づけのようなそれに、イザベラが油断したその瞬間――アドリアンの怒張が、イザベラの胎内、奥深くまで挿入された。

「は、ぁああ……ッ」

イザベラが上げた悲鳴じみた嬌声《きょうせい》が、水音と混じって部屋に響く。

一気にイザベラの中を押し広げたアドリアンは、イザベラの息が落ち着くまで待っていてくれた。

破瓜《はか》の痛みはあまりない。完全にないというわけではないけれど、ずっと慣らしてもらったおかげで薄れたらしい。

はふはふと息をするイザベラの金糸の髪を何度も手櫛《てぐし》でくしけずりながら、アドリアンはイザベラの顔を見つめている。

「ああ、君の中は最高だ……。イザベラ、君とこんなふうに一つになれるなんて夢のようです」

「あ、どりあん、さまっ……」

「なんですか?　イザベラ」

「敬語、いらな……っぁ、」

「敬語、ですか?」

アドリアンがきょとんとした顔でこちらを見降ろしてくる。そう、アドリアンは本来イザベラよりずっと格の高い人で、求婚されたとはいえこんなふうにイザベラを敬う立場の人ではない。

だから敬語が不要だと思ったし、なにより、アドリアンに丁寧な口調で話されるのは、距離があるようでさみしかった。

「あなた、に、対等に、話してほしい……」

「……そうですか」

アドリアンが静かに言う。また敬語。イザベラは金のまつ毛を伏せた。

――ふいに、アドリアンの手が、イザベラの腰をぎゅうっとわし掴みにした。

「アドリアン様……？」

「君が、そんなことを言うから、止まれなくなる……ッ」

イザベラの腹に埋まるアドリアンのものがひと周り大きくなった気がした。

アドリアンの怒張が緩やかに動き始める。

アドリアンの美しい顔に汗が浮かんでいて、きらきらと輝いている。

そうして――どちゅ、と思い切り、奥に叩きつけられた欲望に、イザベラは甘やかな声を上げた。

「……ッああ……ッ」

イザベラの花弁の奥をぞりぞりとこすりたて、先ほどイザベラが散々いじめられた一点をも押しつぶされ、奥へ奥へとアドリアンが責め立ててくる。イザベラの蜜壺からはとろとろと蜜がこぼれ、アドリアンの怒張によって泡立てられていた。

「アドリアン様……ッ、アドリアン様……ッ」

イザベラはアドリアンの首に回した手に力を込めた。整えられた爪先がアドリアンの背をひっかいているのにも気が回せない。

背筋から頭の後ろまでをびりびりと突き抜けるような快楽に、頭がおかしくなりそうだ。

(私、こんなに快楽に弱いなんて……)

アドリアンから与えられる愛情に、快楽に、溺れそうだ。

そうして、それを受け入れてしまった自分に驚いてもいる。

「ひぃ、ァ……ッ！」

アドリアンの怒張が、イザベラの奥へ何度も叩きつけられる。

そのたびに、エラが張ったかさがイザベラの中をこそげるように抜かれていくのだから、すべてを奪われているような気になってたまらない。

「イザベラ、かわいい……私のイザベラ……。君が、私を受け入れてくれている……」

アドリアンは、逆に、イザベラに全てを与えてくれた人なのに。

イザベラはまた、自分の腹の奥を掻《か》きむしるアドリアンの欲望に感じ入った。

ひとつ掻かれるたびに、イザベラの中は収縮して、アドリアンをぎゅっと抱きしめてしまう。

それだけに、アドリアンの与えてくれる刺激を感じ取ってしまって、だめだった。

狂おしい、甘苦い快楽がイザベラの頭をかき混ぜる。

「ぁあ、はぁ……っ、んん……ッあ」

「イザベラ……はじめての君に、こんな無体を強いてごめん……でも、君が愛しくて、止まらない……ッ」

いつのまにか、イザベラの願ったように、アドリアンの敬語は取り払われていた。

心から幸せそうな声に、胸の奥がきゅんと疼《うず》いてしまう。

「アドリアン様……っ」

「イザベラ、もう一度呼んで……」

「アドリアンさまっ……アドリアンさま……っ」

望まれるままに名前を呼ぶ。イザベラの胸は、アドリアンへの愛しさが高まって、もうはちきれそうになってしまっていた。ふる、と震える体を、アドリアンがたくましい腕で抱きしめてくれる。

「アドリアンさま、なにか来る……ッ、きちゃう……っ」

それは、今まで感じたどの絶頂よりも大きな限界の来る予兆だった。

頭がふわふわする。気持ちよくて、気持ちよさが膨らんで、今にも破裂しそう。イザベラはアドリアンの背に強く爪を立てる。なにかに捕まっていないと、どこか遠くに飛んで行ってしまいそうだと思った。

「ああ、イザベラ、いいよ。一緒にイこうか……っ」

アドリアンの腰の動きが速くなる。

激しい律動がイザベラを追い立てる。

「――ッ」

やがて、アドリアンが歯を食いしばり、息を呑んだ時、イザベラの胎内に熱いものが広がった。

「ッあ……」

悲鳴は出なかった。ただ甘い吐息がかすれて喉を通り抜けた。頭の中を真っ白に染め上げた快楽に、イザベラの体が力なくアドリアンの腕の中に沈む。

「イザベラ、とても素敵だったよ」

「あどりあん、さま……」

「眠っていいよ。あとは全部清めておくから」

「は、い……」

ぼんやりとした会話が耳を通り抜けていく。なにを話したのかもよくわからない。

ただ、体の疲れがイザベラをゆっくりと包み込み、深い眠りへといざなっていることはわかっていた。胸がほわりとあたたかい。不安なく眠る夜は、久しぶりだった。

第二章

月明かりがイザベラの金の髪を照らす。

眠ってしまったイザベラの身を清めてやり、その髪を手櫛でくしけずりながら、アドリアンは笑みを浮かべた。

(もう八年になるのか……)

それは、アドリアンが十五歳のころの、社交会デビュー前の貴族の子女が集まる、ウェストリンギア公爵家主催のガーデンパーティーでのこと。

参加していた伯爵令息の持ってきた万年筆が盗まれたのだ。

親の持ち物だという高価なそれを、なぜガーデンパーティーに持ってきたのかはわからない。

だが問題は、なくなったと騒がれたその万年筆が、アドリアンの使っていたテーブルから見つかった、ということだ。

当然、アドリアンには疑いの目が向けられる。もちろんアドリアンは万年筆を盗んでなどいないが、手洗いで少し席を外した時に仕掛けられていたため、その時間のアドリアンを見ているものはおらず、アドリアンに無実を証明する手立てはなかった。

どう弁明していいかわからず、アドリアンが万年筆を盗まれた、と言っている子息を見やると、その子息がにた、と笑ってアドリアンを見ているのが見えた。

よくよく見れば、彼はウェストリンギア公爵家の分家の息子で、なるほどアドリアンに対する嫌がらせがしたくてこんな茶番を思いついたのだろう、と思った。

アドリアンは良くも悪くも目立つ。貴族子息の通うパブリックスクールでは常に一番の成績だったし、剣技だって騎士になれると太鼓判を押されるほど。

それを苦も無くこなしているように見えることは、やっかみの対象になりやすい。

また、生まれながらにウェストリンギア公爵を継ぐという身分を得ていることも、妬まれる理由の一つだったのだろう。

同年代ゆえ比べられているだろう彼のアドリアンに対する嫉妬は一際のものだったはずだ。

その鬱憤を、今こんな公衆の面前で晴らそうとすることはおろかとしか言えないが、アドリアンに対する嫌がらせ、としては効果的だった。

「主催者のご子息でしょう?」

「アドリアンさまが……まさかね……」

「信じられないが、心労がたまってたのかもな」

囁《ささや》き声が聞こえる。アドリアンは自分へ向けられる冷たい視線を感じて、しいんとした静かな呆《あき》れが自身の中に浮かんでくるのを感じた。

虚無感、というのだろうか。

アドリアンがどれほど努力をしても、どれほど清廉潔白に生きようとしても、誰かの余計な、あるいは悪意のこもった行為一つで無に帰してしまうのだという、絶望的な気持ち。

そういうものに打ち据えられて、アドリアンは顔から表情を消した。

——……どうでもいいか。

もともと、アドリアンが望んで生まれた地位ではない。けれども、それを知らない人々はどれほどまでもアドリアンを妬み、そして過剰な期待を寄せる。

そしてそれがだめになったと知ると、裏切られたと自分勝手に幻滅するのだ。本当にくだらない。

この後、アドリアンは家の力で無罪となるだろう。

万年筆も、見つかったのだからいいではないか、と言って、あの子息はなだめられる。

それが自作自演だとしても、今回の出来事を知った者たちは口さがない噂とたてるはずだ。

この人間に石を投げていい、と一度思ってしまえば、そしてそれが大義名分として形を成せば、どれだけでも他人を傷付けられるのが人間だ。

アドリアンは手を握りしめた。整えられた爪が手のひらに刺さる。

アドリアンはため息を吐いた。

おそらく、あの子息はアドリアンに勝ったと思っているのだろうかと呆れた。

けれど、それをどうしようもないとあきらめる自分にも呆れてしまう。

弁解することは醜いことだ。もうすぐ大人の貴族の仲間入りをするのだから、無様な真似《まね》はしてはいけない。

そう教育されてきたから、アドリアンは無意識に自分を律するようになっていた。

すべてをそのせいにするつもりもないが、アドリアンはもう投げやりになってしまって、なにも言い訳をしようと思えなかったのだ。

アドリアンが諦観に目を伏せた——その時だった。

アドリアンの前に影が落ちる。アドリアンを庇うように、小柄な少女が周りの視線に対峙《たいじ》するように立ちはだかったのだ。

「証拠もないのに、彼を犯人だって決めつけるのはおかしいわ！」

さらさらと、月を溶かし込んだような金髪がアドリアンの目の前で揺れる。

身長がアドリアンの腰上ほどまでしかない少女は、その利発そうなアメジスト色の目をきりりと吊《つ》り上げて、アドリアンを庇っていた。

「君は……」

「だいたい、彼がその万年筆を自分のテーブルに置いた、というけれどそれを見た人はいるの？ ここはウェストリンギア公爵家の庭よ。ガーデンパーティーなんだもの、公爵子息であるアドリアン様がそんなことをすれば、絶対に誰かが見ているはずだわ」

腰に手を当て、金髪の少女はアメジスト色の目に強い光を宿らせた。少女の言葉に誰も返事をしない。

しんと静かになった子供たちしかいないガーデンパーティーで、使用人たちだけがあたふたしている。

と、その時不意に、ひとりの少年が手を挙げた。

「あの、僕……アドリアン様が盗んだ？　ところは見ていないけれど、その、盗まれたって言ってる彼が、アドリアン様のテーブルでなにかしているのは見たよ」

その一言に、ざわ、と場がさざめく。

風向きが変わった、と言えばいいのか、その場にいる子息、令嬢たちの目が、アドリアンから万年筆を盗まれた、と言った少年に向けられる。

「え、どういうことなの？」

「まさか、自作自演？」

「アドリアン様を陥れるために……？」

「ひえ、ひどいやつだなあ……」

ひそやかな声は、アドリアンを責めるものから、分家の少年を疑うものへと変わっていった。

……一瞬で空気の流れが変わった。

責めるような目を向けられ、さきほどまでにやついていた少年の顔が狼狽えたように歪《ゆが》む。

「あ……あ……ちが……」

「うん、うん、そうね。あなたがやったという証拠は目撃証言しかないものね」

「そ、そう！　そうなんだ！」

「……でも、同じように、アドリアン様が万年筆を盗んだ、という証拠もないのよ」

少女の言葉にひゅ、と少年が息を呑む。

おびえた顔が、アドリアンと金髪の少女を交互に見やる。

「あ……あ……」

「まあ、証拠はないものね！　このお話はこれで終わりにしましょう」

「エ……？」

少女は手をぱん、と打って、少年に微笑みかけた。

はっきりとした顔立ちの少女がそうすると迫力がある。

そのすごみのある笑顔には、なにも言い返させない、という意思がこもっているようだった。

「は、はい……」

「おおごとにする必要もないわ。誤解があったのよね？　例えば、あなたが自分で置いた場所を忘れてしまった、とか。……それならそれで終わりにしましょう。大人たちを心配させる必要もありませんわ」

周りを見渡し、大人ぶった口調で言い切る少女に、様子を見ていた子供たちがしぶしぶと頷く。

証拠がない、と言われた以上、この話をおおやけにして、万が一にでも自分が疑われることは避けたいと思ったのだろう。

「いいですわね？　アドリアン様」

「ええ。異存ありません」

水を向けられ、アドリアンは少女の言葉にそう答える。

そうすると、少女は先ほどまでのそれとは違う、やわらかな表情でにっこりと笑った。

どきり、と心臓が大きく脈を打つ。

胸の高鳴るような、心臓をわしづかみにされるような心地がする。花の蕾《つぼみ》がほころぶような感覚──きっと、この瞬間、アドリアンは恋に落ちたのだろう。

ガーデンパーティーが終わってから、アドリアンは招待客のリストを確認した。

そして、彼女がイザベラ・モントローザ侯爵令嬢だということを知った。

──同時に、彼女がすでに、他人の婚約者である、ということも、知ってしまった。

その日、アドリアンは恋を知り、失恋したのだった。

──…………。

──…………。

――……。

状況が変わったのは、アドリアンが恋心を捨てきれず、何年も経《た》ったころだった。

アドリアンの耳に、とある噂話《うわさばなし》が届いたのだ。

曰く「イザベラ・モントローザ侯爵令嬢が子爵令嬢に嫉妬して、その令嬢を虐げている」と。

目撃者も多く、人をやって調べさせた限り、それは事実のようだった。

けれど、あのイザベラが――あの日、アドリアンを庇ってくれたイザベラが、いくら嫉妬したからといってそんな軽率な方法をとるだろうか。今までの彼女の功績からしても考えづらい。

必ずなにか理由があるはずだ。

ならば、その理由とはなんだろう。幼いあの日、アドリアンが恋をしたイザベラと、今成年となったイザベラがそこまで変わるとは思えない。

人は簡単には変われないし、もし悪い方向に変わったというならばそこにはきっかけ――理由があるはずだ。

アドリアンはその原因を取り除いてやりたかった。

そして、もし、万が一の可能性として、イザベラが悪女になったというのなら、イザベラを庇ってともに破滅しようと思った。

それだけ、アドリアンの中にはイザベラを愛する理由があった。ともに生き、イザベラの最後の男になれたなら本望だと思った。

イザベラがフリッツ・アッカーマンに婚約破棄されたあの日、イザベラに求婚したのは、イザベラを守るためでもあり、前々からずっと、そうなればいい、と夢想していたことでもある。

公爵家の人間は、アドリアンがイザベラを想い続けていたことを知っている。

公爵家の使用人たちがイザベラにみな好意的なのはそういう理由だ。

月明かりのみが照らす、暗い部屋。イザベラの絹のような金の髪を掬い上げ、口づけて、アドリアンは微笑んだ。

「放しはしない。誰にも渡さない。……君は、私の手の中に堕《お》ちて来たのが奇跡みたいな人だからね」

すうすうと穏やかな寝息が聞こえる。

イザベラの安らぎを守るためなら、自分はなんでもできるだろう。月夜に目を輝かせながら、アドリアンはそう笑った。

第三章

カーテンの隙間から白い光が差し込んでくる。

チチチチ……とさえずる小鳥の声が耳をくすぐり、イザベラの瞼《まぶた》が震えた。

（ん……朝だわ……って、痛……ッ!?）

寝返りを打とうとした体がぎしぎしと軋む。特に足の付け根が異様に痛くて、イザベラは目を覚ました。

朝、だと思ったが、それにしては太陽が高い位置にある気がする。ぱちぱちと目を瞬いたイザベラは、そこでようやく昨日なにがあったかを思い出した。

（……そういえば、昨日、私、アドリアン様と一線を越えてしまったんだわ）

軋む右腕を動かして、頬をきゅっとつねる。当然ながら痛くて、イザベラは頭を抱えた。

未婚の娘が、求婚されたとはいえ男性と同衾《どうきん》。婚約破棄されたばかりで求婚され、さらに婚前交渉とは、スキャンダルにつぐスキャンダルである。基本的に婚前交渉をよしとしないこの世界では、イザベラの行動ははいはいと許されるものではない。

どうしよう。どうしたらいいの。

シーツに丸まり、ううう、とうめき声をあげたイザベラは、そんなことを考えていたからだろうか。アドリアンが寝室の扉を開けて、入ってきたのに最初、気付けなかった。

「イザベラ？　起きていたのですか」

アドリアンは、シャツにスラックスというラフな服装をしていた。濡れたような黒髪は軽く撫でつけられており、一見すると昨夜の行為などなかったかのようだ。

けれどそのわずかにかすれた声と、痛むイザベラの身体。なにより、アドリアンのイザベラを見つめる愛おし気な視線が、昨夜の出来事が現実だと匂わせてくる。

「ア、アドリアン様、私……」

「イザベラ、おなかはすいていませんか？　軽いものを作らせたので、食べられそうなら食べてください」

アドリアンの敬語が戻っている。優しい口調に少しだけ落ち着いて、イザベラはほっと息を吐いた。

アドリアンの手が背に差し込まれ、ゆっくりと起こされる。身体は清めてもらっていたのか、さっぱりしていた。

アドリアンの手で運ばれた桶《おけ》の水で顔を軽くふき清める。

トレーに載せられて、ベッドに取り付けたテーブルによってイザベラの前に用意されたのは、よく煮込まれて甘い香りのするパン粥《がゆ》と、みずみずしい果物だ。その中には、この季節にとれないものも含まれていて、イザベラは目を丸くする。苺《いちご》に林檎《りんご》、オレンジにブドウ……イザベラが前世で見たことのある、南国系の、名前のわからない果物もある。そういえば、ウェストリンギア公爵家は大富豪だった、そんなことを思い出して、イザベラは恐る恐る大粒の苺をつまんだ。

……が、姿勢を変えたせいで腰が痛み、イザベラの手の隙間から苺が零《こぼ》れ落《お》ちる。

白いシーツに転がってしまった苺を拾おうと手を伸ばすと、ふいにアドリアンの手が横から差し入れられた。

その手にはこれもまたみずみずしく赤い宝石のような苺が摘まれている。

シーツに転がった苺を自分の口に放り込んだアドリアンは、にっこり微笑んでイザベラを見つめている。

アドリアンの顔と苺を交互に見やったイザベラは、はっと気づいて頬を赤く染めた。

「イザベラ」

柔らかく名前を呼ばれるのが恥ずかしい。けれどアドリアンに引く様子はない。

諦めてあーん、と口を開けたイザベラの口の中に苺を放り込んだアドリアンの満足げな顔を見ながら、イザベラは口中の苺に歯を立てた。じゅわり、と広がった果汁が甘酸っぱく、口の中を潤していく。

「……おいしい……!」

「それはよかった」

微笑むアドリアンが次の苺を口の前に持ってくる。

「じ、自分で食べられます……!」

もうはずかしくてたまらずイザベラが首を横に振ると、アドリアンは「そうですか……」と目を伏せた。ただでさえ端整な顔立ちの彼がそうするものだから、イザベラのほうがアドリアンに悪いことをしている気になる。

「う……う……」

観念して、イザベラは口を開けた。

こうなればやけである。アドリアンが満足するならそうさせてさしあげよう。

そうすれば、イザベラの開かれた唇の間に、また苺を挟まれるのだろう。と、思ったイザベラの予想に反し、イザベラの唇に次に触れたのはあたたかく湿ったもの。アドリアンの薄い唇だった。

「――ッ!」

「すみません、イザベラがあまりに愛らしくて、キスをしてしまいました」

愛らしくてキスをするってどういうことなの! そう叫びたくなったのをこらえてイザベラはきゅっとアドリアンを睨《にら》んだ。ただ、こたえていないのか、アドリアンは相変わらずにこにことほほ笑んだままだ。もしかすると、イザベラの顔が真っ赤だったからかもしれない。それにしたって、アドリアンはこの一夜での距離の詰め方がえぐい。

もうアドリアンに身をささげてしまったイザベラとしては、アドリアンのそうした様子をずるいと思ってしまうのだった。

「……わ、私、キスをしていいなんて言っていませんわ。き、昨日のことだって……私……」

だから、そう口にしたのは意趣返し、そのつもりだった。

——ふいに空気が重くなる。不思議に思ってイザベラがアドリアンを見上げると、その黄金色の瞳孔がきゅうと丸く、大きくなっているのがわかった。顔は笑っているけれど、目はなにか巨大な感情に占められて笑っていない。

ひええ、と体を震わせたイザベラに気付いたらしい。アドリアンがはっと我に返った様子でその空気を緩める。

「す、すみません、イザベラ。君に拒絶されたと思うと、正気ではいられなくて……」

「ええ……?」

それを冗談だと笑い飛ばせればよかったのだが、いかんせんどう見ても本気だったのでそうは言えない。

相変わらずイザベラに一心に視線を注ぐアドリアンに口元をひきつらせたイザベラは、ごまかすように「そ、そうだわ」と口を開いた。

「ウェストリンギア公爵家のコックは凄腕《すごうで》だと聞きますわ。ですから、果物だけではなくてパン粥も食べてみたいです」

でまかせではない。事実、国でも三指に入る大富豪であるウェストリンギア公爵家には優秀な使用人も料理人も集まっている。以前、元婚約者であるフリッツが、ウェストリンギア公爵家のコックを引き抜こうとしてすげなく断られた、と愚痴っていたのを別のテーブルで聞いたことがある。

「そうですか……！」

イザベラの言葉に、アドリアンは嬉しげに顔をほころばせる。

「君の好む味付けができるよう、コックを訓練しました。気に入っていただけるといいのですが……」

んん？　イザベラは笑顔のまま固まった。イザベラを愛している、というのは聞いたことだが、まさか味の好みを知っていたなどとは知らなかったし初耳だ。

どこで知ったのだろう。たしかに、このパン粥からはイザベラの好む、きつすぎないミルクの甘い香りがする。

「なんでご存じなんですか？」

「以前、夜会で君が甘いものを食べているのを見ました。それを覚えていましたので」

笑ってそう言ったアドリアンに、イザベラは少し遠い目をした。

（……好きだから、にも、げ、限度があるのじゃないかしら）

悪意は感じないし、求婚されて親に話も通ったらしいので既に、イザベラはアドリアンの婚約者だ。イザベラはひとつ、深呼吸して「よし、まあいいか」と思い込むことにした。これは惚《ほ》れた弱みというやつだろうか。

差し出されたパン粥に、そっと手渡された陶器の匙《さじ》を差し入れる。ぷるん、とよく煮込まれたパンのかけらが匙の上に乗る。ぱくりと口に含むと、じんわりと優しいミルクの風味がした。それに、これは安価なはちみつを使っているものではなく、高価な、それもパン粥の色からして品質のいい白砂糖を使っているものだ。

強いはちみつの癖ある甘みではなく、上品な白砂糖の甘みに、イザベラは思わず目を見開いた。

「……おいしい」

「よかった」

イザベラはひとさじ、ひとさじ、かみしめるようにパン粥を口に運んだ。

それほど、夢中になって食べてしまうくらいにおいしかったし、本当にイザベラの好みの味をしていたのだ。

食べ終わって、イザベラははっとアドリアンを見上げた。さすがにはしたなかったかもしれない……！　焦るようにさじを皿にもどすも、皿はすっかり空だった。はずかしくてイザベラが顔を赤らめると、アドリアンは心から嬉しそうに表情を蕩けさせて言った。

「気に入ってくださってよかったです。イザベラが喜んでくれたから、方々に手を回したかいがありました」

「手を……」

そう言えば、アドリアンはそうやって周到に原作のイザベラを追い詰める人だった。

――なぜか今は、イザベラにその偏執的な愛情を向けているが……。

そこまで考えて、イザベラは「そういえば」とアドリアンを見上げた。

「あの、アドリアン様、お聞きしてもよろしいですか?」

「はい、なにをですか?」

簡単にはい、と返事をされて、イザベラは一瞬口ごもった。

どういえばいいのかしら、と思って、あー、とか、うー、とか声を出して視線を彷徨《さまよ》わせる。

イザベラが切り出した話をきちんと話せていないのにも関わらず、アドリアンはせかすこともなく待ってくれる。イザベラは、思い切って疑問を口にした。

「……どうして、私を信じてくださったのですか?」

「噂になった元の光景を見ていないですから」

アドリアンは表情を変えない。微笑んだままだ。イザベラは感情を荒らげないよう、必死に心を律したまま、続けた。

「それでも噂にはその噂が立つことになった根拠があるものです。……私が、ブルーベル子爵令嬢にした嫌がらせの光景は、目撃者が多くいます」

「噂は本当ということですか？　あなたは実際に、そういうことをした、と」

「……はい」

今度こそ嫌われるかもしれない。イザベラがぎゅっとシーツを握りしめ、目をつぶった時だった。アドリアンは、まっすぐにイザベラに視線をくれたまま、口を開いた。

「それでも私は君を信じます。君が心から望んで誰かを甚振《いたぶ》ることはありえません」

「……ありえないって……」

イザベラは思わず目をあけ、アドリアンを見上げて呆然《ぼうぜん》と呟《つぶや》く。アドリアンの声色は変わらなかった。

「君にはきっと、なにか理由があるんでしょう？」

「……どうして、私が望んでブルーベル子爵令嬢を虐げたのではない、と言い切れるんですか？」

「……君が、優しい人だと知っているからです」

「理由になっていません。私が優しいだなんて、噂を知っている人は絶対に言わないわ」

手が、おこりのように震える。信じたい気持ちと、信じられない気持ちが胸の中を渦巻いて気持ちが悪い。

「それなら、私は絶対に君を信じましょう。私にとって、君が口にすることが真実です。たとえ噂が事実だとしても、私は君の心根のほうを見ます。イザベラは、自分から進んで誰かを虐げることはけしてない、と」

「……もし、私が本当に望んでブルーベル子爵令嬢を虐げているのだとしたら、どうするんですか」

　原作ではリリア・ブルーベルに恋をしていたアドリアンだ。イザベラが悪だと知れば、手のひらを返してイザベラを断罪するかもしれない。

「君が、罰されることはありません。ウェストリンギア公爵家のすべての権力を使ってでも、イザベラを守り抜きます」

「そうではなくて！」

　イザベラは大きな声を出して、はっと我に返った。口を開いたり、閉じたりと、まごついた唇がもごもご動く。

「そう、ではなくて……」

　なんと言ったらいいのだろう。

　確かにイザベラの意思ではなかった。だが、イザベラは、自分が本当にリリアに嫌がらせをし続けていたということを自覚しているのだ。

「アドリアン様の予想と違い、私が本物の悪女だったらどうするつもりなんですか。それこそ破滅しても仕方ない人間だったら……」

イザベラがうなだれると、アドリアンはあっけらかんと言った。

「その時は、そうですね、一緒に破滅しましょうか。他国へ追放されようと、市井に身を落とそうと……たとえ処刑されようと、イザベラが隣にいるならなんの問題もありません。それほど、私の想いは強いんですよ」

「なんですか……それ……」

イザベラは笑ってしまった。目じりから涙が出てくる。きっと、嬉しくて。重い、重たすぎる想いだ。でも、小説のイザベラのように一人ではない。最後まで自分を見捨てずに隣に居てくれる人がいる。その言葉がどれほどイザベラを安堵《あんど》させただろうか。

泣き笑いになって、イザベラが呟く。

アドリアンは真剣な顔で、イザベラを見つめている。

「本心です。私は一度君を手に入れた、だから、もう二度と離しません」

アドリアンの手が、そっとイザベラの手を包み込む。

優しく手の甲を撫ぜられて、イザベラは涙ぐんだ。

「本当に……あなた、すごい人」

原作の――『溺れるような愛を君に』のアドリアンも、こういうことをリリアに思っていたのだろうか。深い愛情を持っていたのだろうか。

きっと、違う。

……この愛を受け取れるのは、きっとイザベラだけだから。

アドリアンの言葉は、小説の強制力に絶望して、打ちのめされていたイザベラの心にしみた。

だから、つい心が緩んでしまったのだ。

「あなたの言う通りです。あれは、私の意志ではありません、あれは……」

そう言いかけてイザベラは正気に返り、小さく息を呑《の》み込《こ》んだ。

自分の意思でなかったのは確かだ。

しかし、小説の強制力、物語の運命、なんてことを、彼にどう説明すればいいのだろうか。

そのためには、イザベラが前世で日本人——異世界の人間だった、なんて夢物語を口にしなければならない。さらに貴方《あなた》は小説のキャラクターのうちの一人です。なんて言われて気分を害さない人間などいるだろうか。

話が荒唐無稽すぎて、今度こそ呆れられてしまうかもしれない。この人に詰《なじ》られたらイザベラは正気でいられる自信がなかった。

アドリアンはイザベラの言葉をじっと待ってくれている。

なにか言葉を言わないといけない。

「イザベラ？」

「に、」

イザベラは、アドリアンの手から視線をあげ、思い切って口を開いた。

「――二重人格なんです！」

そう言って、もしかしたらこれも小説の世界だとか、前世だとかいう理由と同じくらい不可思議なことだったかもしれない、と思った。

「二重人格、ですか」

イザベラの言葉を考え込むアドリアン。

「つまり、君の意志と反することをした君がいると？」

「そ、そうです」

それは間違いではないが、嘘が苦手なイザベラは思わず目が泳ぐ。

明らかに嘘だとわかるのに、アドリアンは真剣な表情で聞いてくれた。

イザベラはきゅっと唇を噛む。真摯な彼に嘘をつくことは心が痛む。

だがそれ以上に、自分に優しくしてくれて、今ここにいる彼を小説のキャラクターと定義づけるのも嫌だった。

この秘密を隠し通す。大丈夫、リリアに会った時だけ、強制力に襲われるのだ。ならば、その時にだけ気を付ければいい。

「そうなのですね……。大丈夫――君の言うことを、絶対に、疑うことはありません」

「アドリアン様……」

「……君は、けして悪女ではない」

アドリアンがイザベラの身体を抱きしめる。かちゃん、と音がして、カトラリーがトレーを転がった。

そのあたたかさに、優しい強さに、イザベラは、ほっと息をした。

絶対に、アドリアンを手放せないと思った。信じてくれたことが嬉しい。けれど、嘘をついてしまったことが心苦しい。

――……私、この人を愛してしまった。

小説の中のイザベラは、恋愛感情でおかしくなってしまった。

だから、アドリアンがもしリリアに心変わりをすれば、今のイザベラだっておかしくなってしまうかもしれない。

少なくとも、今のイザベラはそんなことはしない、そう思っていたけれど、この、今のイザベラが抱く想いを奪われたとなれば「悪女」になってしまうかもしれなかった。

（これが恋。……なんて苦しいのかしら）

奪われたくない、失いたくない。幻滅されたくはない。

でも、アドリアンは信じると言ってくれた。ならば、イザベラだってアドリアンを信じよう。次に強制力が発生して、リリアをいじめそうになったって、耐えるだけの忍耐力をつけよう。そうして、いつか、本当の――前世のことと、小説の強制力の話をしよう。

アドリアンの唇が、イザベラの目じりに降ってくる。ちゅ、ちゅ、と涙を吸われ、ああ、好きだ、とあらためて思う。こういう優しいところに、きっと恋をしてしまった。

だから、イザベラは決意した。この恋を、絶対に、守り抜くのだ、と。

アドリアンの黄金の目がイザベラを見下ろして緩やかに細まる。その腕がいっそう力強くイザベラを抱きしめた理由には、イザベラは気付かないでいた。

◇◇◇

——好きだ。かわいい。愛している……。

屋敷の執務室で領地からの報告にサインをしながら、アドリアンははにかんだイザベラの顔を思い出していた。

イザベラに求婚し、彼女と一夜を共にしてからすぐ、アドリアンはイザベラとの結婚証明証にサインをし、それを幼馴染《おさななじみ》であるスピネル国の王太子に渡した。

即日に王太子経由の国王のサイン入りで戻ってきた結婚証明証は、アドリアンの執務室にある金庫内にしまってある。たまに取り出して、そこに書いてあるイザベラの丁寧なサインを眺めてしまう。

万が一にでもかすれたりしないように、触れはしないが、何度見ても飽きない、アドリアンの宝物だ。

　国王の承認があるということは、つまりこれは国王が後ろ盾になった結婚、ということだ。

　先だってイザベラに求婚した直後、使者を遣わしたイザベラの実家であるモントローザ侯爵家の当主には、アドリアンが実際に訪問して求婚した旨を伝えた。

　イザベラは両親には愛されていたようで、イザベラの両親はイザベラのことを心配していた。

　イザベラが婚約破棄されたと聞き彼女の行く末を案じていたようだが、身元のしっかりしたアドリアンが求婚したことで、ほっと安堵していたようだった。

　……まあ、この早すぎる結婚には驚いていたが、婚約破棄のスキャンダルを消すためだと言えば納得してくれた。

　これで名実ともにイザベラはウェストリンギア公爵夫人である。イザベラにそのことを伝えたとき、イザベラは最初、照れたような、困ったような顔をした。

　けれどすぐにはにかんで「嬉しい」とほほ笑んでくれたのだ。

　その愛らしさを思い出すとにやけがとまらなくなる。アドリアンのイザベラは世界でいっとうかわいい。

　結婚式はもう少し準備して、盛大なものにする予定だ。

　簡易の式は挙げたが、それだけでは足りない。イザベラが素晴らしい女性だと見せびらかしたい。

結婚式の料理は手の込んだ美味を用意しようと思って、アドリアンは最初の一夜のあと、パン粥をおいしそうに食べるイザベラの顔を思い出して目を細めた。

イザベラは、食べることが好きだ。特に、甘いものが。

それはたから見ていてわかるほどで、甘いもの、例えばケーキなどの甘味《かんみ》を食べたときのきらきらと輝く目はアドリアンの心をわし掴《づか》みにする。

イザベラが甘いものを好むことを知ったのは、いつものように、イザベラを遠くから一目でも見ようとパーティーに参加したときのこと。

フリッツ、彼は腹立たしいことに、かわいらしくて完璧な淑女であるイザベラを婚約者にしておいて、パーティー会場につくなり放置してどこかへ行ってしまったのだ。

放っておかれたイザベラは、最初は壁の花として所在なさげに立っているばかりだった。そのさまは物憂げだ。しかし婚約者のいるイザベラに、良くも悪くも目立つアドリアンが話しかけては迷惑になる。一瞬そう思ったアドリアンだが、あまりのフリッツの仕打ちに、ひとつ決意してイザベラに声をかけようとした、その時だった。

会場に設えられた軽食コーナーに、ワゴンに載せられた色とりどりのケーキがやってきたのだ。

アドリアンは菓子には詳しくないが、スピネル国の特産品であるフルーツをふんだんにつかったケーキは、たしかに目にも楽しくおいしそうだ。

イザベラがはっと顔をあげる。まるでそのケーキを待っていたように歩き出し、ケーキを給仕にとりわけさせた。苺の乗っている生クリームのものとオレンジが乗っているチョコレートクリームのものだ。そうしてひとくち、ふたくち、と食べ、その一見冷たくも見えるかんばせを、ふわり、と美しい花のようにほころばせた。

その紫色の目はきらきらと輝き、嬉しそうにケーキを映している。上品に、しかしおいしそうにケーキを食べるその様子は、無垢《むく》な少女めいて見えた。あまりの愛くるしいさまに、アドリアンは胸を押さえ倒れるところだった。

——イザベラは、なにかを食べる様子ですらかわいらしい。

アドリアンは、それでイザベラが甘いものを好む、ということを知ったのだ。

いつかイザベラに自分の屋敷で甘いものを食べて、笑って欲しい。

その一念で、その屋敷の料理人を引き抜き、さらなる甘くおいしいものを作ることができるように訓練させたのは、今思えば執念としか言いようがない。

その執念が報われる日が来たのは、料理人たちには幸運だっただろう。

初めての夜を迎えた次の朝、甘いパン粥を幸せそうに食べるイザベラに、アドリアンはまた心を奪われたのを感じた。

甘いものを食べるとき、イザベラの紫水晶のような目が輝くのがたまらなくいとおしい。

けれど、同時にどこか不安を覚えたのも事実だった。

――二重人格なんです。
そう言ったイザベラの声はわずかに震えていた。
嘘をついている人間特有の声だ。
だから、それが真実ではない。というのはすぐにわかった。
アドリアンはイザベラを信用する、と言った。その言葉に偽りはない。
イザベラの目は不安げに揺れていた。きっと、嘘をつくのにも理由があるのだろう。
つまり、イザベラのあの悪い噂が発生するに至るまでにも理由がある。
まだそれは話してもらえていない。
それはイザベラが今まで傷つけられてきたからだ。
アドリアンはまだイザベラからの無条件の信頼を得てはいない。
……だがそれがどうしたというのだろう。
イザベラが話してくれるまで待とう、と思う。
――大切にしよう。真綿でくるむように。
アドリアンはぐっとこぶしを握り締めた。
絶対にこの手を放さない。イザベラを、不幸にさせはしない。
守る、イザベラを、必ず、何者からも。

第四章

秋晴れの空に雲が泳いでいる。

イザベラは一通りの社交の予定が終わったことを招待すべき貴族のリストから確認して、ふうと息をついた。

肩が重く、とんとん、と肩を叩いてごまかす。

夜に侍女にマッサージをしてもらおうかしら、と思いながら、イザベラはもう一度ため息をつく。

ウェストリンギア公爵家は大貴族だ。春から夏にかけての社交シーズンだけで、顔を合わせねばならない貴族はそれこそ両手と足の指を足しても足りない。

そんな中、降ってわいたスキャンダルがウェストリンギア公爵家当主であるアドリアンからイザベラへの求婚だ。

「私とアドリアン様がすでに結婚したことを知っている人はまだ少数だけれど、あの婚約破棄からの求婚騒動を見ていた人はたくさんいるものね……」

いずれは盛大な式をあげるつもりだとアドリアンに聞いたが、今はイザベラの結婚に、変な噂で禍根《かこん》が残らないよう、結婚をした事実を大っぴらにはしていない。

だからか、ウェストリンギア公爵家にも、イザベラの実家であるモントローザ侯爵家にも大量の招待状が届いた。みな、あの夜会での顛末《てんまつ》を知りたがっているのだろう。

――イザベラは、最高の女性ですよ。彼女と出会えたことが私の人生最大の幸運です。

少し前、とある伯爵家の主催で夜会が開かれた。その夜会で求婚について尋ねられたアドリアンはそう言ってくれた。

その顔は蕩けるように美しく、イザベラは隣にいるのにも関わらず見とれてしまった。

深紅のイブニングドレスにダイヤのビーズを縫い付けたイザベラの姿をアドリアンはほめたたえたけれど、イザベラの瞳の色である濃い紫を差し色にしたアドリアンのタキシード姿こそ、人目を引くものだったと思う。

アドリアンは自身の胸元につけた大粒のアメジストのブローチをイザベラの瞳のようだと言って、逆にイザベラの目こそを宝石に例えてみせたのだ。

その熱量はほかの招待客もたじたじになるほどで、イザベラですら盛大なのろけだと苦笑したものだった。

結果として、アドリアンが好くぐらいだ、イザベラは噂ほど悪人ではない。だとか、どうしてあんな噂が流れたのか、だとか、公爵家に良く思われたい貴族からイザベラを擁護する声が増えた。しかしながら、それを複雑に思ってしまうイザベラである。だって、イザベラがリリアに嫌がらせをしたのは事実だったから。

――リリアと、この社交シーズン中に一度も出会わなかったのは幸運だったわね。

結婚したために消えてしまったのかもしれないけれど、小説の強制力がいまだに働いていれば、出会ったときにイザベラがリリアをいじめたり罵倒したりしてしまう可能性もある。

ウェストリンギア公爵家主催の茶会や夜会は今は人を限定しているし、呼ぶのも上級貴族だけだから、子爵令嬢であるリリアと出会うことはない。

アドリアンにもリリアがついて来る可能性がある為、フリッツを呼ばないようにお願いしてある。

――カークランド侯爵と、リクニス伯爵と……ああ、あとグレピレナ伯爵夫人も呼んだわね。

顔をつなぐ上級貴族は多ければ多いほどいい。

リストの一覧をめくり、ウェストリンギア公爵家での茶会や夜会に招いた貴族、招かれた貴族を一人一人線で消し、チェックをしながら、イザベラは机上に山と積まれた招待状に視線をやった。

――まだあんなにあるわ。ウェストリンギア公爵家――というより、アドリアンと縁を結んでおきたい方があれだけいらっしゃるのね。

モントローザ侯爵家もそこそこの家柄だが、イザベラの悪い評判が広まってからは、興味本位でイザベラを招く人しかいなくなった。

　最低限の社交はしなければならないので、かつては元婚約者であるフリッツの招待された夜会に、頼み込んでついていったりもしたのだけれど、今思うと、それもリリアと出会ってしまう一因だったのかもしれない。

　イザベラはまたひとつ息を吐いて、袖をまくり上げた。

　今日中にこの招待状をより分けて、返信しなければならない。

　──と、そうやって気合いを入れた時だった。

「イザベラ、今いいですか？」

　コンコン、というノックの音とともに、耳に心地よいテノールが聞こえてくる。

　アドリアンの声だ。

「はい、どうぞ」

　なにか私にご用事かしら、と思ってイザベラは答える。

　相変わらず、閨《ねや》以外ではイザベラに敬語を使うアドリアンだ。

　ドアを開き入ってきたアドリアンは、山と積まれた書類に最初、目を丸くした。

　そりゃあそうだろう。いくらなんでも限度があると、イザベラだって思う。

「イザベラ……これは……」

「夜会やお茶会の招待状ですわ。と言っても、最近のもの以外、重要なものは先に処理してしまいましたので、あとはほとんどお断りの返事をするだけですけれど……」

イザベラの言葉に、アドリアンが頷く。

「ああ、なるほど、すみません。私もなにか手伝えればよかったのですが……」

「こういったことは妻の役目ですわ。それより、アドリアン様は領地のお仕事が忙しいのでしょう? 今月は嵐があったから貨物の運搬が遅れていると、家令のワトスンから聞きましたわ。どうぞそちらに尽力なさって」

「ふふ、イザベラに隠し事はできませんね。イザベラが家の仕事をしてくださるから、私も安心して領地経営に時間を使えます。……それにしても、妻、妻ですか……」

アドリアンが口元を片手で覆い、目を細める。

「? ……なにか?」

「いいえ、イザベラが私の妻、という言葉は、素晴らしい響きだと思いまして」

「……ッ」

アドリアンの不意打ちに、イザベラの頬が熱くなる。

はずかしいことを言ったような気持ちになって、イザベラはぶんぶんとかぶりを振った。

「そ、それより、アドリアン様、わざわざこちらに来るなんて、私になにかご用があったのではないですか?」

「ああ、そうでした」

イザベラの言葉にアドリアンは微笑んだ。

「領地に帰ることになったんです」

「領地に」

おうむ返しに繰り返して、イザベラは尋ねた。

「……なにか問題があったんですか？」

社交シーズンの終わりとはいえ、わざわざ領主を呼ぶなんて、よほどのことがあったとしか思えない。このまま待っていれば、領主はひと月しないうちに領地のカントリーハウスへ戻るからだ。

それも待てないということは、先日港で起こった嵐でなにか大きな被害があったのだろうか。

不安になって顔を曇らせるイザベラに、アドリアンが安心させるように柔らかな声で答える。

「件《くだん》の嵐で少し問題が。嵐の予兆があった時点で船は待機させたので、けが人や死人は出なかったのですが、貨物の輸送に遅れが出てしまったんです」

イザベラはなるほど、と頷いた。この国の主な輸出品は果物や宝石だが、宝石はともかく、果物は足が早い。

「果物など、いくつかは鮮度が落ちてしまったので運んで売ることができません。その補填《ほてん》に、すぐに領主の確認が必要なのです」

「そうなのですね、腐ってしまったのですか？」

「いいえ、果物は生食できるレベルです。秋口だったので、涼しくなってきたのがよかったのでしょう。けれど輸出はできません。現地で消費するにしても限度がありますし、大半は廃棄になると思います」

「まあ……」

それは、結構な損失ではないだろうか。船一隻、二隻分だとしても、果物が腐る前の現地での消費が追い付かない。

イザベラは、前世で耳にしていた「もったいない」という言葉を思い出した。

もったいない、とは、惜しむ、ということだ。大貴族であるアドリアンには似合わない言葉かもしれないが、イザベラには輸出するほど大量の果物がほとんどごみになってしまうことが耐えられなかった。

――なにより、作物を作ってくれた農家の人たちに申し訳が立たないわ!

このあたりは、前世の影響だろうか。イザベラは食べることが好きだから、特にそう思うのかもしれなかった。

イザベラは、そこでふと、前世の記憶を思い出した。港、観光地――道の駅。……そういう、ちょっとした特産品を売る場所が、前世の日本にはあった。

それを応用してみるのはどうだろう。

「アドリアン様」

「うん？　イザベラ、どうしました？」

「観光業の方と連絡が取れますか？　それと、今回の輸送がなくなったことで一時的に仕事を失った……いいえ、手の空いている船乗りや、その奥方とも」

「はい、連絡はとれますよ」

アドリアンはおや、という顔をしてイザベラを見つめた。

「お店を作るのです。あまり大きなものではなく、出店程度のものをいくつか。そこで、少し鮮度の落ちた生食のできる果物を値引き……値段を下げて売るのですわ」

「ふむ……値引きですか。たしかに、いい考えではあります。ただし、貴族は買わないかもしれませんね。……それに、そうやって売ることのできる期間には限りがありますよ」

アドリアンの顔は真剣だ。真剣にイザベラの話を聞いて、問題点を指摘してくれている。対等に扱ってくれているのだ、とわかって、イザベラは唇に笑みを浮かべた。

「古くなる前に、店頭から回収して、ジャムなどの保存食に加工します。それを、手の空いている船乗りや卸売り、小売り……そしてその奥方に売ってもらうのです。せっかくですし、観光の目玉になさればいいわ。期間限定、だとか、そうですね『奉仕価格』という言葉で売るのはどうでしょう」

「なるほど、奉仕価格、とは。奉仕に絡めるなら貴族も買うでしょう。抵抗のあるものは少ないと思います」

「もちろん、すべての損失を回収できるわけではありませんが……ウェストリンギア領で仕事をしている船乗りや、卸売り、小売りたちの損失の補填には、少しですがなるとは思います」

「ふむ、少し調整する必要はありますが、たしかに民の不満は抑えられるかもしれません。では、加工に必要な砂糖は？　ジャムにするにも、あれだけの果物を加工するにはそれなりの砂糖が必要です」

「それこそ、ウェストリンギア公爵家の力で……と申し上げたいところですが、これでは買い占めになってしまうでしょう。ですが、今ちょうど、ウェストリンギア公爵家の倉庫にはなぜか大量の砂糖があります。それこそ、モントローザ侯爵家の一年分……その三倍はあると思います。発注ミスがあったのでしょうね。ここ数年だけ、砂糖の発注量が異常に増えているのです。帳簿を見て気づきました」

「……プッ」

「その半分ほどで、今使う砂糖はまかなえますわ。もちろん、砂糖だってウェストリンギア公爵家の財産ですから、アドリアン様の許可をいただいて……って、なにを笑っているんですか？」

　イザベラの言葉を聞いてだろうか、アドリアンが噴き出して笑っている。

　不思議に思って尋ねたイザベラに、アドリアンが笑いながら口を開く。

「いえ、すみません。砂糖は誤発注ではありません。イザベラのために、甘いものを研究させようとして買い込んだものです。イザベラさえよければ民のために放出しましょう。そうですね、君の言う通り、今すべきことは領民の生活を守り、不安を取り除くことです。今回の件で、手が空いているもの、決まっていた仕事をなくしたものを集めましょう。その、出店を作る、というのはいいアイデアですね、使わせていただきます」

「あ、ありがとうございます！」

アドリアンが微笑む。ひとつ、アドリアンの役に立てたことにほっとした。

それと同時に、自分でも前世の知識でアドリアンの役に立つことができるのだ、と、初めて転生者であることをほこらしく、嬉しく思った。

よし、とアドリアンが手を打つ。

「そうと決まれば、ウェストリンギア公爵領に一度帰らねばなりませんね」

「ええ。……でも、招待状の処理がまだ」

「ワトスンに任せましょう。領地に帰るので参加できない、と伝えておくようにすればいい。ウェストリンギア公爵領の領地経営に損失が出るのは、王都の貴族たちからしても、避けたいことでしょうから」

アドリアンは招待状の束を手に取り、イザベラから遠ざけるように机の反対側に置いた。

「どうせ社交シーズンもそろそろ終わりです。領地でゆっくり過ごしても、誰も文句を言いませんよ」

「そうですね……」

アドリアンにきっぱりと言われると、そんな気がしてくる。

イザベラは机上に置いてあったベルを鳴らし、使用人を呼んだ。彼女たちはイザベラの部屋にアドリアンがいるのに驚いていたが、イザベラが「領地へ帰るので支度をしてほしい」と頼むと、きりりとした顔つきになって、衣装部屋へ向かって行った。

「きっと、イザベラに似合う用意をしてくれるでしょう。彼女たちは優秀ですから」

「ええ」

アドリアンの言葉に、イザベラは首肯する。

確かに、優秀な使用人たちのセンスも素晴らしいが、支度の出来が素晴らしいのは、選択肢が多いことにもよるだろう。

王都に建つこの屋敷に存在するイザベラのドレスやアクセサリーは、毎日別のものをとっかえひっかえしても全ては着られないほどある。

というのも、アドリアンが結婚してからすぐに、王都にある人気のテーラーにイザベラのドレスを仕立てさせたからだ。それも、十や二十ではない。

ドレス部屋が三部屋ぎっちり埋まるほどのドレスにめまいを感じたのはそう遠くない記憶だ。

それに加え、どれもこれも、外国製のレースやリボン、絹地といった最高級素材をふんだんに使っており、大富豪であるウェストリンギア公爵の力を見せつけられるようだった。

これは並の貴族では到底かなわない――どころか、足元にも及ばない財力だろう。

これが豊かな鉱山と巨大な港を併せ持つウェストリンギア領の辣腕公爵の力なのね……。と思いつつ、イザベラはその財力がイザベラに集中して使われているのを見ては、その帳簿で動く額の大きさに、そしてそれだけの金額を使っても揺るぎもしないウェストリンギア公爵家の屋台骨に、気絶しそうになるのだった。

◇◇◇

四頭立ての立派な馬車に乗り込んだイザベラは、後ろからついてくる荷物用の馬車に山と積まれたドレスやアクセサリーを思い出して、この馬車は野盗からすれば宝の山に見えるのでしょうね、と遠い目をした。もっとも、護衛の騎士が馬車の周囲をしっかり固めているし、ウェストリンギア公爵領までは治安のいい道しか通らないので、そんな心配をする必要はないのだけれど。

けれど、それはそれとして、相変わらずの規格外っぷりには驚くばかりなのである。

「必要なことは早馬で知らせせました。焦らなくてもいいのですが、一応緊急のことですから、ドレスは最低限で。あとで送らせます」

「最低限」

「この機会に新しく仕立ててもいいですね」

「えっ」

まだ増やすというのか。アドリアンの感覚はおかしくないはずなのだが、ことイザベラに関してだけブレーキが壊れているらしい。

モントローザ侯爵家でもこんな贅沢《ぜいたく》はしたことがなくて、嬉しいよりも戸惑いが勝ってしまう。

「大丈夫です。もう充分ですから……！　お金は大事にしましょう？」

「ははは」

朗らかに笑うアドリアンはなにも気にしていないようだ。

以前、領民の血税ですよ！　と物申したことがあるが、イザベラのドレスを作らせているのはアドリアンのポケットマネーだと言われて以来、なにも言えなくなってしまった。

――旦那様は、奥様のためなら際限なくお金を使ってもいいとお思いなのですよ。その分稼いでいるので、なにも問題ありませんが。……とは、イザベラ付きの使用人の言葉だ。

その際限なく、が、本当に際限がないのでイザベラとしては言葉通り桁違いの財力におののくばかりである。

馬車で一日ほどの道のりは何事もなく過ぎ去った。

道中泊まったホテルも快適で、イザベラとしてはなにも文句のつけようのない旅である。

ただ、いちいち出てくる食事だったり泊まるホテルだったりが、最高級どころの騒ぎではなく、王族に出していてもおかしくはないものばかりで、贅沢に慣れたと思ったイザベラをさらに驚かせたことだけが、事件と言えば事件であった。

――と、そうこうしているうちにウェストリンギア公爵領に入ってきていたらしい。

「イザベラ、カントリーハウスが見えますよ」

「わぁ……！」

イザベラは目を瞬いて、口をぽかんと開けた。

小高い丘に建つカントリーハウスの敷地は大きく、建物は立派で、屋敷――カントリーハウスと言うよりは宮殿のようにも見えた。

カントリーハウスの奥を緑もまぶしい森が囲んでおり、それもあって、イザベラは前世に読んだ童話に出てくる城を連想してしまった。

――小説の挿絵でも見なかったわけじゃないけれど、あれは一部だったんだわ。こんなにすごい建物に住んでいるなんて聞いてない。

イザベラが驚いている間にも、馬車はがたりがたりと音を立てて進んでいく。

「イザベラ？」

「あ、は、はい！」

「大丈夫ですか？　元気がないようですが」

「だ、大丈夫ですわ。驚いていただけです。あまりにも広くて」

「ああ、そうでしたか」

イザベラの言葉に、アドリアンはにっこりとほほ笑んだ。

「すべて、イザベラのために整えさせました。ゆっくりとくつろいでくださいね。それに、この女主人は君です。そう気後れしないでください」

「……ありがとうございます」

そんなことを言われても、驚くものは驚く。アドリアンの手を借りて馬車を降りると、いつかみたように、使用人たちが入り口に勢ぞろいしている。

「おかえりなさいませ！　旦那様、奥様！」

――あら、デジャヴかしら。

そう思ったのは、公爵家の本邸に初めて招かれたとき、同じ出迎えを受けたからである。

世の中の常識を忘れてしまいそうになる光景に、イザベラは一瞬硬直する。

「私の大切な妻だ。みんな、イザベラをよろしく頼む」

「はい！」

使用人たちがアドリアンの言葉に揃《そろ》った返事をする。アドリアンの領地への帰還をみんな喜んでいるようで、イザベラは驚きはしたが、そのことを嬉しく思った。

めいめいに口にされる言葉や態度には、アドリアンへの敬愛がにじんでいる。

もちろん、そんなアドリアンが選んだイザベラを軽視するような目を向けるものもいない。

——こんなに安心できる場所にいてもいいのかしら……。

数か月前まで、小説の強制力に怯えていたのが嘘のようだ。

そんなことを思いながら、イザベラはアドリアンに手をとられ、ともに屋敷の中へ足を踏み入れたのだった。

◇◇◇

昼下がり、カントリーハウスに設えられたイザベラの自室にて。

領地の港を襲った嵐の問題も無事解決し、イザベラは部屋付きの使用人の淹れてくれたお茶を飲みながら過ごしていた。

それまでこの世界に「道の駅」という概念はなかったらしくて、それらしきものがあっても、農業の傍ら、あまりものを売る場所、というくらいにしかとらえられていなかった。

それだけに、「道の駅」というものを考えだしたイザベラとアドリアンへの、領民からの心証はいい。

もちろん、イザベラのアイデアはアドリアンの政策のきっかけにすぎない。

今回の功績のほとんどは、イザベラの他愛《たあい》ないアイデアをきちんと改良し、実用的なものへまとめてくれたアドリアンのものだ。

それでも、領民のためになにかできた、という事実は、イザベラに自信をもたらしてくれた。

女が領地経営になどかかわるな、という人がいる中で、アドリアンはその点に関して寛容だ。

イザベラを認めてくれるアドリアンには感謝しかない。

イザベラはお茶を飲みながらそんなことを考えていた。その合間に、小皿に盛られたお茶菓子をつまむ。

今日のお茶菓子はオレンジを使ったチョコレートだ。つやつやとテンパリングされたチョコレートが、薄くスライスした糖漬けされたオレンジにかかっている。甘酸っぱいオレンジとチョコレートの甘苦さが合わさって震えるほどおいしい。上にかかっているのは砕いたピスタチオだ。良く炒《い》られているのか、チョコレートに香ばしい味わいを加えている。

本当に、ウェストリンギア公爵家の料理人は腕がいい。

王宮で働くパティシエだと言われても納得できる腕前だ。

それに、これはお茶との組み合わせもよく考えられていた。

今日のお茶は、ノーデル地方――グレピレナ伯爵領で栽培されている茶葉を使った紅茶だ。

ノーデル地方は紅茶の名産地で、貴族はみなこぞってグレピレナ伯爵領の茶葉を買い求める。

これはその中でも貴重な、秋に摘まれたばかりの茶葉を使った紅茶だ。

以前、グレピレナ伯爵夫人を招いた小規模なお茶会で、この紅茶が話題に上ったことを思い出す。

この貴重な茶葉も、アドリアンがイザベラのためにとりよせてくれたものだった。

「ミア、ヘレン、おいしいお茶とお菓子をありがとう」

そばに控えていた使用人たちふたりの名前を呼んで笑いかける。屋敷で働いてくれる使用人の名前は全員覚えるようにしていた。前世でも、仕事先の人に名前を覚えていてもらえると仕事が認められた気がして嬉しかったからだ。呼ばれた二人は表情には出ないものの、その声には明るい色が混じった。

「喜んでいただけて嬉しいです。奥様」

「このオレンジチョコレートは、奥様発案の『道の駅』で買ったオレンジを使っているんですよ」

「まあ、そうなの?」

「はい！　最近はウェストリンギア公爵領で収穫された作物を、現地の農家が販売してもいるらしく、形が不思議でおいしいものが多いんです」

――いわゆる、規格外品、というものね。

ミアの言葉にピン、ときたイザベラは笑顔のまま頷く。

貿易で取引する商品は形が整って、揃っている必要がある。輸送の時に傷ついてしまい、そこから腐る可能性があるからだ。

けれど、それを惜しいと思った農家がいたのだろう。なにせ、味には問題ないわけだし。輸送の必要がない道の駅で売ってみたところ、あたらしもの好きの貴族や使用人から受けた、というところだろうか。

ミアもヘレンも、公爵家の使用人として働いているが、出身は男爵家や子爵家だ。「規格外品」というものを知らないのも当然である。

——前世でも、規格外品を安く売る道の駅があったわ。それを考えれば、不思議じゃないのかもしれないわね。

なんだか前世の知識が形になっているようでうれしい。

「おいしいわ。アドリアン様にも食べていただきたいわね。アドリアン様の手が空いたときに、出してもらえるかしら?」

「はい、奥様!」

イザベラの言葉に、使用人のふたりが力強く頷く——その時だった。

コンコン、とノックの音が響く。

「イザベラ」

と呼ぶ声がして、イザベラは立ちあがった。

「アドリアン様!　どうぞ、お入りになって」

なんてタイミングがいいのかしら、と思って、イザベラは思ったより大きな声を出してしまった。アドリアンがイザベラの反応に嬉しそうに、けれど不思議そうに首を傾げる。

「どうしましたか？　イザベラ」

「あ……」

勢いよく立ちあがったは良いものの、用件は「おいしいからこのお菓子を食べてほしい」ということだけだ。まるで甘いものにはしゃぐ子供のようで、急に照れ臭くなる。かああ、と顔を赤らめたイザベラの手にそっと摘まれたチョコレートに、アドリアンが目を瞬く。

「あ、あの」

「はい」

「ええ……と、このチョコレートがおいしくて。……アドリアン様にも、召し上がっていただきたかったんです……」

声がどんどん小さくなって尻すぼみになる。よく考えれば、おいしいから食べてほしい、だなんて子供のする提案だ。幼いと思われただろうか、とうつむいたイザベラの手を掬《すく》い取《と》って、アドリアンがぱくり、とチョコレートを口に含む。ふに、と触れたものは、アドリアンの唇だ。そのまま咀嚼して飲み込むのを見て、イザベラは目を丸くした。

「分けてくださったんですね、おいしいです。ありがとうございます、イザベラ」

「あ、あの……ええと、はい」

「ふふ、イザベラ、照れてしまったんですか？」

微笑むアドリアンに、顔が耳までかっと熱くなるのを感じる。イザベラは触れた右手の指先をもう片方の手で覆い、あー、だとか、うー、だとか言いながら視線を泳がせた。

「……そ、そういえば、アドリアン様、どうしてここへ？　いつもなら、執務をなさっている時間では？」

狼狽えながら、ようよう浮かんだ疑問を口にする。逆に言えば、口にできたのはそればかり。アドリアンには翻弄されてばかりだ。

イザベラの言葉に、アドリアンはにこやかに返す。

「港付近の街に視察に行くんです。政策がうまくいったのかを確認するために。せっかくですし、イザベラを誘おうかと思って」

「……！」

イザベラは目を瞬いた。確かに、イザベラが提案した「道の駅」が実際はどのようになっているか、知りたいところである。

「喜んでご一緒しますわ、アドリアン様」

目を細めたイザベラを、アドリアンが嬉しそうに見やる。

「では、玄関ホールでお待ちしていますね」

アドリアンが部屋を出ていく。その背中を見送って、イザベラは胸を押さえた。待ち合わせ、というのだろうか。前世でも体験したことのない「デート」というものの気配になんだかふわふわとした気持ちになる。そして、それに喜んだのは背後に控えているミアとヘレンの使用人二人もだったらしい。

はっと振り返ったイザベラを待っていたのは、わくわくとした顔で、おのおの手にドレスやリボン、アクセサリーと化粧道具を持った侍女たちの姿だったのであった。

第五章

薄青いワンピースの胸元を、丸くカットされたアメジストの、大粒のブローチが飾っている。白いリボンの巻かれた帽子をかぶり、編み上げのブーツを履いて玄関ホールへ続く階段を降りたイザベラを待っていたのは、上品でシンプルなシャツに、ブドウ色のトラウザーズを合わせ、木の葉のような焦げ茶のコートを羽織ったアドリアンだった。ただ、シンプルでラフだと言っても、アドリアンは顔立ちも、背格好も、姿勢もすべて目を見張るほど美しい。目立たないように、と、ある程度地味な格好をしてはいるが、にじみ出る高貴さは隠しようがない。

さすが、小説のメインヒーローだ、と言ったところである。

「アドリアン様、お待たせしました」

イザベラは美しい、と、支度を手伝ってくれた使用人も太鼓判を押してくれたけれど、それでもアドリアンと並ぶとかすんでしまう気がする。そう思っておずおずとアドリアンを見上げたイザベラに対し、アドリアンは手の甲で口元を押さえ、さっとイザベラから目を逸らした。

「アドリアン様？」

どこか、イザベラの格好におかしなところがあっただろうか。

髪を下ろしているので子供っぽいのかもしれない。

慌てて髪に手をやるイザベラに気付いたのか、アドリアンは「違うんです」と弁明するように言った。

「違う?」

「はい、けして、イザベラにおかしなところがあるわけではありません。ただ……」

「ただ」

「君は……私の花妻は、綺麗だ、と……」

花妻、とイザベラを称したアドリアンの方こそ美しい顔立ちをしているのに、それでもアドリアンはイザベラを綺麗だ、と繰り返す。

イザベラは、自分の耳が熱くなるのを感じた。耳の後ろがこそばゆい。

——そう、私、綺麗なのね……。

美しい、も、綺麗、も、パーティーや茶会と言った社交の場でさんざん聞いた賛辞だ。そう言われるのは慣れている。慣れているのだけれど……。

アドリアンに、こうして、改まったように言われると、どうにも照れてしまう。

アドリアンの黄金色の目は、迷いがなく澄んでいる。本気でイザベラを綺麗だと、美しいと思っているのが伝わってくる。

もう結婚して三か月は経つのに、未《いま》だにこうやって褒められるとどうにも口元が疼いて口の端が上がってしまう。

アドリアンが手を差し出してくる。その手の上に、はにかみながら、イザベラは手を重ねた。

「……行きましょうか、イザベラ」

「はい……アドリアン様」

カントリーハウスのある丘の、ふもとの街までは馬車で移動する。

アドリアンの手を借りて乗り込んだ馬車は、見た目こそ簡素だが、中はふかふかのクッションが敷かれた座席があり、最新式なのだろう、揺れも少なく快適だ。

あっという間にふもとの港街までたどり着いた馬車から外に出ると、さわやかな潮風がイザベラの金の髪をなびかせた。

そこから見えるコバルトブルーの海と、何隻もの巨大な船が見事だ。

街並みを形成する建物は煉瓦《れんが》と漆喰《しっくい》で作られているのか、赤と白のコントラストが美しい。

「この街――ロットは、夕暮れになると街全体が薔薇色に染まるんですよ」

ロットの街は薔薇の街、赤の街とも言われるんです。とアドリアンが説明してくれる。

それはぜひとも見てみたい。

「素敵な街並みですね」

イザベラの頬に自然と笑みが浮かぶ。それは、この町全体が活気にあふれているからだろうか。街行く人がみんな笑顔で、それがイザベラの胸を弾ませる。アドリアンはよくこの街に来ているのだろう。すれ違う人々は、アドリアンを見ては「こんにちは！　領主様！」とあいさつをし、そのあとイザベラを見ておや、という顔をする。

「綺麗な方ですね」

「そうだろう。夏に結婚したんだ」

「噂の奥様でしたか……！　おめでとうございます！」

アドリアンに声をかけた領民にアドリアンが自慢げに説明すると、その領民を中心に場がわっと沸く。そうやって領民に祝われて、イザベラは花が咲くようにほほ笑んだ。

「ありがとうございます。イザベラ・ウェストリンギアと申します。夫ともども、よろしくお願いいたしますね」

貴婦人としては、ここで頭を下げ、敬語を使ってはいけないのかもしれない。けれど、ウェストリンギア公爵領を――ひいては、アドリアンを支えてくれている領民たちだ。粗雑な扱いはしたくなくて、イザベラは言い終えて頭を下げた。

領民たちは、イザベラの悪い噂や評判を知らないのだろう。皆、そんなイザベラに笑い返し、あたたかく受け入れてくれた。それが嬉しい。

アドリアンと手を繋いで街道を進む。もう少し行けば、港だ。

遠目に屋台がいくつも見えたところで、アドリアンが口を開いた。

「ありがとうございます。イザベラ」

「え？」

「領民たちを、大切にしてくれて」

先ほどのイザベラの行動のことを言っているのだとすぐに分かった。

イザベラは強くなってきた潮風に攫われないよう、帽子を押さえてアドリアンを見上げた。

「アドリアン様を支えてくれる、大切な領民ですもの。私がああしたかったのです。……公爵夫人としては、ふさわしくないかもしれませんけれど」

「ふさわしくない、なんて、私が言わせません。それに、私は君が領民を大切に思ってくれるのが嬉しかった。……ありがとうございます」

アドリアンが、その黄金色の目を細める。

イザベラはゆっくりと目を瞬いた。この人は、私を肯定してくれるんだわ、と思った。……嬉しかった。

強制力に翻弄されたイザベラには、悪い評判が付きまとい、誰もイザベラ自身を見てはくれない。

それにずっと苦しんでいたイザベラの心は、誰も信じてくれないと、いつの間にか麻痺《まひ》してしまっていたのかもしれない。

「私の方こそ……ありがとうございます。その……ここへ、連れてきてくださって」

——この、明るく優しい場所へ連れ出してくださって——ありがとうございます。

さあ、と風が吹く。イザベラの金髪をふわりと躍らせた潮風は、ふいに甘い香りを連れて来た。甘い香り？

「領主様！」

アドリアンを見て駆け寄ってきたのは日に焼けた壮年の男性だった。

腕は太く筋肉がついていて、そのせいだろうか。幾分か白髪もあるのに弱弱しく見えない。

「あんた、こら、店番をさぼるんじゃないよ！」

その後ろから、エプロンをつけた栗色《くりいろ》の髪に白いものが混じった女性が走ってくる。イザベラよりずっと年かさに見える二人は、おそらく夫婦なのだろう。

ぷりぷりと怒る女性はアドリアンに気付くとあっと声を上げた。

「領主様！　すみません、うちの旦那が失礼なことをしませんでしたか？」

「マーシィ！　俺はそんなことしないって！　だろう？　領主様」

「ああ、大丈夫だ。ダニー、マーシィ、紹介しよう。妻のイザベラだ」

「おお！　領主様、この人が奥様ですか！」

アドリアンにダニーと呼ばれた男性は、にこにことイザベラに視線を向けて——アッと言う顔をした。

「金髪に、紫の目の美人……。領主様、昔からの初恋がかなったんですね！」

——初恋？

気になる言葉にイザベラは首を傾げる。アドリアンが笑って返した。

「そうだ、彼女が私の初恋の相手、イザベラだ」

「わわ、本当におめでとうございます！」

「まあああ、領主様、そいつは素晴らしいことじゃありませんか！　領主様、奥様、おめでとうございます！」

ダニーとマーシィがアドリアンの言葉を受けてイザベラに笑いかけてくれる。

イザベラは反射的に笑みを浮かべた。昔からの初恋、ということは、アドリアンは昔、イザベラと会ったことがあるのだろうか。前に少しそんな話をした気がして、イザベラが頭をひねっていると、マーシィが「そうだ！」となにか思い出したように屋台へと走りだした。

話の流れから察するに、マーシィが走って行ったのはダニーとマーシィの店なのだろう。

けれど、マーシィはともかく、ダニーは商人には見えない。

「手の空いている船乗りも道の駅を経営できる、という制度を作ったんです。ダニーは船乗りたちのとりまとめ役ですね。彼はこの制度を作る際に船乗りと小売り、卸売りの橋渡しとして尽力してくれました」

「そうだったのですね」

イザベラは頷いた。それでダニーはアドリアンと親し気に話していたのか。

そうこうしているうちに、マーシィが両手に抱えるほどの大きさのバスケットを持って帰ってくる。

「領主様、奥様、これをどうぞ！」

受け取ったバスケットはずしんと重い。アドリアンが自然な動作でイザベラからバスケットを奪う。中を覗《のぞ》き込むと、色とりどりのジャムの詰まった瓶が入っている。マーシィはにこにこして言った。

「道の駅、を考えたのは奥様だと聞きました。こいつのおかげであたしらの夫はこの間の急な嵐でも積み荷をだめにすることなく売れるようになったんです。農家をしている知り合いも、丹精込めた作物が腐る前に売れてよかった、と喜んでました。これはその農家が今朝持ってきた果実で作ったジャムです。どうぞ食べてくださいな」

「まあ……！　ありがとう、マーシィ」

イザベラはマーシィの手を取ってお礼を言った。

——と、マーシィの声に気付いてか、別の店の店番達も「奥様？　領主夫人が来ているのか？」と顔を出す。わらわらと寄ってくる領民たちに、イザベラは目を瞬く。

「わあ、領主夫人ですか！　いらっしゃい！　よかったらこれも。新鮮なオレンジのジュースです！」

「こっちのも、どうぞ！　ジャガイモのパンケーキで作ったジャムサンドです！」

にこにこと差し出してくる品物を受け取る。持ち運べないようなものは、後ろに控えていた護衛に渡し、イザベラはすぐに食べられるものを手に取った。

オレンジジュースと、パンケーキのサンドイッチだ。

木のカップに注がれたジュースを一口飲むと、ひんやりと喉が潤う。酸味の強いジュースは、しかし後からじんわりと甘みを感じさせるものだった。

冷たくて、さっぱりしている。

パンケーキサンドは、はしたないかもしれないが、手に持ったままかぶりついた。戸惑っていると、こうやって食べるんですよ、とマーシィが身振りで教えてくれたからだ。

一口食べたパンケーキサンドは、ジャガイモを使っているからかほっくりと柔らかく、それ自体に甘みはないが、逆にそれが中に挟まれたジャムの存在を際立たせる。

ジャムの種類はマーマレードだ。甘苦く、それが酸味の強いジュースと相まっておいしい。

けれどひとつ、気になることがある。どちらもひんやりと冷たいのだ。

氷は高い。今は秋だとしても、そう備蓄されているものでもないはずだ。

「食べ物を冷やす魔道具を使っているんですよ。気に入ってくださいましたか？」

そう思っていると、同じものを食べていたアドリアンが教えてくれた。

「貿易での取引きで、輸入品には魔道具もありますから。港では地方への輸送費が少ない分、こういった魔道具は比較的安価なのですよ」

魔道具——小説『溺れるような愛を君に』で、イザベラが断罪された罪状は、違法な魔道具の所持、使用だった。もちろんこのジュースやサンドイッチに使われた魔道具は非合法なものではない。けれど、イザベラは複雑な顔をしていたのだろう。

アドリアンが「どうしました？」と案じてくれた。

それに「驚いただけですわ。魔道具って、王都では見かけないから」と返して、イザベラはオレンジジュースを飲み干した。

「……それより、アドリアン様、私たちは、昔、会ったことがあるのですか？　すみません、どうしても思い出せなくて」

「ええ。でも、イザベラは幼かったですから。仕方のないことです」

そう言うアドリアンはどこかさみしそうだ。イザベラが詳しい話を聞こうと口を開いた、その時だった。

「公爵様、すみません。港で問題が……」

アドリアンの部下らしき人が、焦ったような声で走り寄ってきたのだ。

「港で？　緊急ですか？」

「はい、乱闘騒ぎがあり、怪我人《けがにん》が大勢出ています」

切羽詰まった声音は、確かに簡単な問題が起こっただけのようには思えなかった。アドリアンもそれを理解したのだろう。真剣な面持ちで「わかった」と答えた。

「イザベラ、君は危ないのでここにいてください。ダニー、お前はまとめ役としてついてきてくれ」

「はいよ！」

行っても非力なイザベラでは役に立てないだろう。それどころか、乱闘騒ぎがあったのなら危険な場に飛び込んで逆に迷惑をかけてしまうことになる。イザベラは頷いた。

「領主様、あたしらがしっかり奥様をお守りしておきますよ」

マーシィが胸をどんと叩いてアドリアンに告げる。イザベラも「皆さんがいますから、大丈夫ですわ」と微笑んで見せた。

アドリアンが安心したように目を細める。

「護衛も置いていきます。なにかあればすぐに呼んでください」

そう言い残して走って行くアドリアンの後ろ姿を見送る。

「奥様、立ちっぱなしでは疲れるでしょう」

マーシィが椅子を用意してくれる。突然のことに驚いて脚が震えている。ありがたく甘えて座ったイザベラを見て「それにしても」とマーシィが首を傾げた。

「港は荒くれたやつばっかりだけど、そんな奴《やつ》ばっかりだからこそ、乱闘が起きても問題になったりはしないんですよ。しょっちゅうですから」

「そうなの……？」

乱闘は十分問題だと思うが、マーシィが言うなら、今回のようなことは確かに珍しくないのだろう。

「だから、領主様が呼ばれるほどのことなら、こっちにまで騒ぎが聞こえるはずなんですけど……」

見れば、先ほどイザベラにジュースやパンケーキサンドをふるまってくれた女性たちも、不思議そうにしている。

「ま、大丈夫でしょう。奥様、不安にさせちまってすみません。ジュースのおかわりを飲みますか？」

「ありがとう、いただくわ」

なんだか先ほどから胸がざわついて、ひどく喉がかわくのだ。

ありがたく二杯目のジュースを受け取って、イザベラがカップに口をつけた。その時だった。

「こんなところにいたんですね……？」

彼女の言葉が、きいんとした耳鳴りを伴って聞こえた。その声は、そう、イザベラにとって、悪夢のようなものだった。ゆっくりと振り返った先、見知った茶髪の女性が立っている。

「奥様？　お知り合いですか？」

マーシィが訝《いぶか》し気な顔をしている。しかし、イザベラの喉は、その問いに返すべき言葉を発してはくれなかった。

「――お久しぶりね。意地汚い、ドブネズミさん」

自分の口から勝手に高慢な声が出た。

あごをあげ、目を吊り上げ、不愉快さを隠しもしない表情をして、イザベラは立ちあがった。立ちあがって、しまった。

頭が痛い。きんきんと金属音のようなものが耳に響く。強制力に操られるときはいつもこうなるのだ。心臓を握りつぶされるような、体と意識をバラバラにされるような痛みに耐えているのに、イザベラの顔は自分の痛みにもぴくりとも動かない。

「身分が下のものから上のものに話しかけるなんて、リリア・ブルーベル嬢、あなた、相変わらず最低限のマナーも知らないのね」

見下すように目を眇《すが》める。口元は笑って、リリアを嘲笑する。突然のイザベラの豹変《ひょうへん》に、先ほどまでイザベラと楽しく話していた港の女性たちが驚いて目を見張った。

（やめて、こんな私を見ないで……！）

リリアはイザベラの高圧的な物言いに目を潤ませ、震えている。

「そ、それはすみませんでした。でも私、旅行先でイザベラ様にお会いできて、嬉しくて……」

「私に会えたから嬉しいですって？　ふふ、ここはウェストリンギア公爵領です。私がいるのは当然でしょう？　そもそも、アドリアン様――ウェストリンギア公爵閣下の治めるこの領に、あなたのようなドブネズミさんが入ってきていいわけがないわ。今すぐ出て行きなさい」

「イザベラ様にそんな権利はありません……！」

リリアの青い目に涙が浮かんでいる。そう、この目。この目を見ると、イザベラは強制力に抗えなくなるのだ。

「あるわ。それに、私は良いのよ。私はモントローザ侯爵令嬢なのだから」

——違う。今はもう、ウェストリンギア公爵夫人だ。アドリアンと結婚し、イザベラは救われた。

「いくらアドリアン様に求婚されたからって、そんなに身分をかさに着た横柄な態度……ひどいです！」

「ひどい？　なにがですの？　私は侯爵令嬢。あなたは子爵令嬢。身分の差ははっきりしていて、あなたが私に無礼を働いたことにはかわりないわ」

「無礼って……」

「あなたのようなみずぼらしい人が私の前に立つ。それが無礼なのよ」

イザベラは口に手を当ててふくふ笑う。下品な、意地悪な笑い方。誰がどう見たって、今のイザベラは悪役にしか見えない。

イザベラの視線はリリアに釘付《くぎづ》けになっているから、背後の女性たちがどんな顔をしているかも見えない。

けれど、呆れられて軽蔑されているだろう、ということは、簡単に予想できた。

「イ、イザベラ様……」

「平民は黙っていなさい」

戸惑った声が聞こえる。マーシィの声だ。それに、イザベラは冷たく言葉を放った。

優しくしてくれたマーシィにまで、こんなふうに嫌な思いをさせたくない。

それなのに、口は勝手に動いてしまう。マーシィの息を呑む気配がする。

「やめてください。大切な領民ではないですか！　私は構いません。でも、彼女たちにまで酷いことを言わないで……！」

リリアが大声で、その場の全員に聞こえるように言い募る。

（ああ、リリアは自分と直接関係のない人間にもこう思えるのね。他人に、そして領民に寄り添える女性だわ）

強制力に振り回されているイザベラより、よっぽどアドリアンの隣に立つにふさわしい。

悲しむイザベラに反し、イザベラの手は意地悪気なしぐさで鼻をつまんだ。

「ああ、羽虫のようにうるさいわね。それに、なあに？　この臭い。……ああ、ドブネズミさんだったのね」

イザベラの唇が弧を描く。リリアを見つめ、嘲けるように言う。止められない。

こんなこと、言いたくないのに。

「下級貴族って、本当にドブネズミみたい。そんな臭いだわ」

「……ひどい……」

——私も、そう思うわ。こんなひどいこと、どうして誰かに言えるの?

「あっははは!　面白い顔。教えてあげたのよ?　身分相応だって。下級貴族は上手に笑顔も作れないのかしら?」

吐きそうだ。胃が、喉が、ぐりゅりと音を立てる。

それでもイザベラの暴言は止まらない。

「ドブネズミさんはドブネズミさんらしく、田舎町におかえりなさい。ここはあなたの来る場所ではなくてよ」

言って、イザベラはつかつかと靴音を立て、リリアに近寄った。リリアが一歩、後ずさる。

——ああ、いや、やめて、私……!

心の中で泣きながら叫ぶ。涙があふれるくらいにつらいのに、イザベラの目からは涙が出ることはなかった。

「帰るための理由を差し上げる」

イザベラが、オレンジジュースがなみなみと入った木製のカップを持ち上げる。

イザベラの願いもむなしく、カップの中身はぱしゃん、と音を立てて、リリアの茶髪にぶちまけられた。

「きゃあっ」

リリアが悲鳴を上げる。よろけたリリアはそのまま尻もちをついた。

「これで少しはきれいになったかしら？」

後ろから、誰かが駆け寄ってくる音が聞こえる。叫ぶような声も。

——早く私を止めて！　リリアを、これ以上傷付ける前に……！　領民の心を踏みにじる前に！

イザベラのブーツがリリアを踏みつけようと持ちあがる。この体勢で力いっぱい踏まれたら、ただでは済まない。

その、瞬間だった。

「——イザベラ！」

イザベラの体を、あたたかなものが包み込んだのは。

手をぎゅっと握られ、腰に手を回される。イザベラの体が身動きできなくなった途端、イザベラの体に自由が戻った。

「あ……」

「アドリアン様！」

リリアの、安心したような、喜ぶ声が聞こえる。イザベラはかすれた声で「よかった」と小さく呟くのが精いっぱいだった。

「アドリアン様、助けてくださってありがとうございます！」

座り込んだままのリリアが、安心したような声を出す。

強制力に抗おうとしたからだろうか。うまく体に力が入らない。

今、アドリアンに手を離されたら、その場に倒れ込んでしまうだろう。

(それを、また『気を引きたくてそうした』と噂されてしまうのでしょうね……)

イザベラを溺愛するアドリアンだが、これで幻滅して、理解しただろう。『イザベラが悪である』と。

けれど、いくら時間が経てどもアドリアンがイザベラを離すことはなかった。

それどころか、イザベラが立てないことに気付くや否や、イザベラを横抱きにして「イザベラ、大丈夫ですか？」とイザベラの方を案じ始めた。

「アドリアン、さま……？」

「ああ、顔が真っ青ですね。よほど怖いことがあったのでしょう。もう大丈夫ですからね」

そっと目じりに口付けられる。ちゅっ、と音を立てて、いつのまにか滲《にじ》んでいた涙を吸い取られ、イザベラは目を瞬かせた。

かすんだ視界でも、アドリアンが自分を心配して顔を歪めているのがわかる。

「領主様、奥様は……」

「ああ、妻は体調がすぐれないらしい。一度屋敷に戻る。馬車の手配を」

「は、承知しました」

護衛の言葉に、それと、とアドリアンが低い声を出した。

「……妻を守れ、と言ったのに、お前はなにをしていた?」

「……申し訳ありません」

護衛に、アドリアンが怒っている。おそらく、アドリアンを呼びに行ってくれていたのだ。

彼は悪くない。

加害者がどう見てもイザベラだったから、守るもなにも、手を出せなかったはずだから。

それはきっと、最後の光景を遠目で見たアドリアンも知っているはずだ。どうしてアドリアンはこんなにも怒っているのだろう。

「アドリアン様、違うのです。私が……悪くて……」

喉がかすれて、囁くような声しか出ないのがもどかしい。

だが、アドリアンはきちんと聞き取ってくれたらしい。

イザベラの、氷のように冷たくなった手を握り、アドリアンは安心させるように微笑んだ。

「イザベラ、守る、というのは、言葉通り、誰からも、です。君が二重人格だというのなら、君自身からも君を守らねばならない。……これは私にも言えますね。イザベラ、すみません」

「ちが……ちがいます。あなたは悪くない。私が、リリア嬢を傷付けて……」

「なら、なぜ君はそんなに苦しそうな顔をしているんですか?」

「それは……」

「ちょ、ちょっと待ってください！　アドリアン様、どうしてイザベラ様を庇うんですか！　どう見ても、被害者は私で……」

リリアが、割って入るように叫ぶ。きいんと耳が痛んだ。また強制力の前兆だ。イザベラはそちらを向こうとして——その目を優しく、アドリアンにふさがれた。と同時に耳鳴りもやむ。

「愛する妻を庇わない夫がどこにいますか？」

「つ……妻⁉」

見えないけれど、リリアが驚いたような声を出した。アドリアンが頷く。

「そうだ。あの求婚のあと、私とイザベラは正式に結婚している。今のイザベラはモントローザ侯爵令嬢ではない。ウェストリンギア公爵夫人だ」

この事実は一部にしか伝わっていない。リリアが驚くのも当然だろう。

「えっ……⁉　でも……でも……！」

リリアがなおも言い募る。それは、苛立《いらだ》っているようにも、焦っているようにも聞こえた。

「それより、君はなんだ。私は、君にファーストネームを呼ぶ許可を出していない。ブルーベル子爵令嬢」

ぺたりと座り込んだままのリリアが息を呑む。

「そんな……そんな……」

震えた声が鼓膜を揺らす。誰もがアドリアンの言葉に困惑していた。そうまでして、イザベラを庇うのか、と。

「ブルーベル嬢は混乱しているようだ。誰か、宿に案内してやってくれ」

「で、では、私が……」

「マーシィ、ありがとう。それと、今回のことは他言無用だ」

「あの……奥様は……なにか……」

マーシィの声がする。ついで、アドリアンの固い声。

「見ただろう。彼女は二重人格なんだ。そのせいで彼女には心労が絶えない。支えてやってほしい」

「二重人格……」

「そうだ。妻のしたことについては苦情も質問も受け付ける。ただ、この件に関して、イザベラを責めることだけは許さない」

リリアがアドリアンの言葉に目を見開いている。にじゅうじんかく？　とその唇が動くのが見えて、イザベラは思わず目を伏せた。

言い終えたアドリアンのもとに、馬車の御者がやってくる。背に何人もの視線を感じながら、イザベラたちは馬車に乗りこんだ。

遠く、小さくなる人影たちの後ろ、空が朱色に染まっている。窓から見える街並みは、アド

リアンが言った通り、たしかに薔薇色をしていた。こんな形で見たくはなかったけれど。

「寒かったでしょう」

アドリアンが、イザベラの肩にコートをかけてくれる。

「ごめんなさい……」

囁くように言って、イザベラは泣いた。ぽろぽろと涙がこぼれる。

『小説の強制力』はこんなところまでついてきている。まだ、小説の物語は終わっていないのだ。

アドリアンに責任を負わせてしまった。こんなイザベラを庇わせてしまった。領民の――マーシィたちの、驚いたような声を思い出す。

――それが、悲しくてならなかった。

気付けばイザベラは嗚咽《おえつ》していた。泣きじゃくるイザベラをアドリアンが抱きしめる。

「大丈夫、大丈夫ですよ……」

何度もそう言って、優しく髪を撫でてくれる。温めてくれる。

悲しくて、申し訳なくて、それでもそのぬくもりに安心して――イザベラの意識はゆっくりと暗闇の中に沈んでいった。

◇◇◇

――冷たい、氷の張った水の下。

その中に沈んでいるようだった。手足は痺《しび》れるほど冷たく体は動かせない。ただ、水を吸って重くなったドレスとともに、静かに、音もたてず、沈んでいくような感覚。

音が出せず、動けもしない。だから、助けも来ない。

息ができずに死ぬのを待つだけ。そういう、夢を見ていた。

たまに見るこの夢は、イザベラの絶望が生み出したものだろうか。

今日もイザベラは「ああ、これは夢だわ」と気付いた。気付いたからといってなにもできない。夢を夢だと理解している、明晰《めいせき》夢だというのに。

イザベラの夢の中の体はなにをしようにも鉛のように重たくて、上に上がることも、あがくことも、助けを呼ぶことすらできない。

それはまるで、強制力に縛られたときのイザベラみたいだ。

――大丈夫よ。

イザベラは自分に言い聞かせる。この夢は、あくまでも夢だ。現実ではない。

沈んで沈んで、苦しくて、本当に死んでしまうと思ったとき、いつも目が覚める。だから、さみしくて、苦しくても、大丈夫。……でも。

――苦しいのは、辛いわね。

息が苦しい。けれど、イザベラの口はあぶくを吐くことすらできないのだ。ただ、黙って沈んでいくだけ。

——私を信じて。

イザベラは望んであんなことをしていない。

強制力のせいだ。強制力が、イザベラの体を自分勝手に動かす。

それでも、誰もそれに気付かない。悪役令嬢は、信用に値しないから。

もう何度この夢を繰り返しただろう。いつのまにかイザベラは夢ですらもがくのを諦めていた。諦めたから、指一本動かすこともできないのかもしれなかった。

今日もそうだと思っていた。沈む、沈む、深くへ沈んでいく——。

その時だった。ふいに、イザベラの手がぬくもりを帯びる。

あたたかなそのぬくもりは、徐々に全身に広がる。それだけではなく、沈むばかりだったイザベラは、気付けばゆっくりだが上へと浮上していた。

『なにがあっても、君を信じます』

そんな——声が聞こえて……。

イザベラのまなじりから涙があふれて水に溶けた。

ああ——そうだったわね。

「あなたは、私を信じてくれるのだったわね……」

――アドリアン様、私の大好きな人。

ぬくもりは、イザベラの体を水面へと導く。ぱりん、と氷が割れ、イザベラは水面へ顔を出す。まばゆい光がイザベラを包み込み――イザベラの意識は現実へと浮上した。

目を覚ましたイザベラが最初に目にしたのは、心配した顔でイザベラを見つめる夫――アドリアンの顔だった。

あたたかいと思った手はアドリアンの両手に包まれていて、ああ、だから夢の中でもぬくもりを感じたのね、と思う。

「アドリアン、さま……」

「――！　イザベラ、大丈夫ですか？」

「ええ……申し訳ありません、私……」

「心配しました。君は半日以上も眠っていたんですよ」

「半、日……」

イザベラは小さくそう口にして、眠る前、自分がなにをしていたんだったかしら、と首を傾げ――そうして、思いだした。

「あ……」

自分は、またリリアをいじめたのだ。それも、大切な領民の前で。

彼らのくれた好意を台無しにして。

体が震える。寒い……。

それなのに、手だけはずっとあたたかい。アドリアンの手のぬくもりだけが、イザベラのようだった。

「大丈夫。誰も、君が本心からブルーベル嬢をいじめようとしたなんて思っていません」

「でも……」

「あの出来事を知るのは数人の船乗りとその家族だけで、口止めもしておきました。それに、皆一日だけでも交流のある君の方を心配していましたよ。優しい君が突然豹変したのはおかしい、と」

「……でも、もう、港街には行けませんわ……」

あの街で過ごした時間は本当に楽しかった。けれど、自分はその時間をすべて台無しにしてしまった。イザベラの目じりから、涙がこぼれる。つう、と流れた雫《しずく》は、シーツの上へぽとりと落ちた。

続くように頬を伝う涙を、アドリアンが拭ってくれる。

「……どうして、そんなにも私を信じてくれるのですか」

独り言のような、確かめるような言葉。イザベラは、アドリアンを見上げた。黄金の瞳は、イザベラをまっすぐに映している。

「イザベラ、君が、そうされるに値する人だと、知っているからです」

「私、は――」

それは、『アドリアンが知っている過去』が理由だろうか。

イザベラは、一呼吸のあと、ぶちまけるように言った。

「私は、信じてもらえるような人間ではありません……！　本当にブルーベル嬢をいじめたんです。アドリアン様も見たでしょう？　あんな、人をドブネズミと呼んでさげすむ私を……」

「『二重人格』なんでしょう？　貴方の意思ではなかった」

「そんな――そんなの……！」

二重人格というのはイザベラの作った嘘だ。それごとイザベラを信じるなんておかしい。

イザベラはベッドに肘をついて起き上がり、アドリアンの手を跳ねのけた。

「私は最低な人間です、あなたの信頼にこたえられるわけない……！」

アドリアンの手が、イザベラの頤《おとがい》を掬い上げる。避けるより前に、優しく口付けられた。

「ん、ふ……！」

「ん……」

触れるだけの口づけ、それはイザベラに、これ以上の言葉を許さない、というようだった。

「……私の愛する人を、否定しないでください。たとえそれが君でも、私は許せません」

ちゅ、ちゅ、と口づけが繰り返される。アドリアンの唇はあたたかい。ぬくもりが、伝わってくるようだった。

イザベラの呼吸が落ち着いてきたのを見やって、アドリアンは静かに口を開いた。

「君の人格が変わってしまうのは、『リリア・ブルーベル』が絡んだ時だけ？」

「……ッ」

「イザベラ、今の君は、どちらの人格？」

はっと視線を上げた先には、アドリアンの黄金色の瞳があった。

その瞳の中に、戸惑ったようなイザベラの顔が映っている。

「イザベラ……」

——君の人格が変わってしまうのは、「リリア・ブルーベル」が絡んだ時だけ？

——今の君は、どちらの人格？

アドリアンの言葉が頭の中に反響する。

イザベラは、なにも言うことができなかった。たしかに、強制力が発動して、悪役のようにふるまってしまうのはリリアと会った、もしくは同じ空間にいるときだけだ。

けれど、誰かに会ったときだけ人格が変わる二重人格なんておかしすぎる。

二重人格だと嘘をついたことがばれるのが怖くて、イザベラは肯定も否定も説明もすることができない。

アドリアンの秀麗な顔が近づいてくる。

もう一度、そっと触れた唇はあたたかかった。ちゅ、ちゅ、と触れるだけの口づけを繰り返して、アドリアンは一度離れる。

そうやって見つめあって、ふいにアドリアンが目を細めた。

「大丈夫、なにがあっても、君を信じますから」

何度も言ってくれるその言葉が、イザベラの胸をぎゅうっと締め付ける。

本当のことを言わない、言えないイザベラをそれでも信用してくれるアドリアンに、イザベラはなにを返せているだろうか。

夫婦の寝室で、カーテンの隙間から月の光が差し込んでくる。それがシーツを白く照らして、またアドリアンの熱っぽい視線を意識させるようで、イザベラは息を呑んだ。

ああ、今から「そういうこと」をするんだわ、と思って、頬が火照る。

アドリアンの唇が、再びイザベラのそれに重ねられる。唇を尖らせた舌の先でノックされて、イザベラはわずかに唇のあわせを開いた。

潜り込んでくる舌からアドリアンの味がする。くしゅ、くしゅ……とくすぐられる頬の内側は、もうすっかりそうされて悦《よろこ》ぶことを覚えていた。

上顎をちろちろと舐られ、イザベラがふうふうと鼻から息を吐く。

物慣れなかったキスは、何度も何度も教え込まれるように繰り返されることで、イザベラからもこたえられるものになっていた。

呼吸の仕方も、舌を絡めることも覚えた。

そうして、求めるようなキスが、体の奥を痺れさせ、脚の間をきゅんとわななかせることも、もう知っていた。

アドリアンに「そう」なるように整えられた身体が、アドリアンを求めてやまない。イザベラはそっとアドリアンの胸に手を添えた。

最初は慣れない感覚に押し返してしまっていた動きは、今はもうない。

アドリアンを受け入れたくて、イザベラは甘えるようにアドリアンのシャツのボタンに指をやった。アドリアンの目が細められる。

「イザベラ、君も求めてくれているのは、珍しいね」

「は、したなかったですか？」

「いいや、最高だ。かわいい妻に求められて、興奮しない夫なんていない」

寝ている間に着替えさせられていた夜着の胸元には、アドリアンの瞳の色に似た、黄色いリボンが結ばれている。

それを、まるでプレゼントのラッピングをほどく子供のような目で見降ろし、嬉しそうに解く姿に胸が高鳴る。

アドリアンの、イザベラに触れるために短く整えられた爪先がリボンをほどき、胸元のボタンを一つずつ外していく。

夜着を脱がされ、あっという間にシュミーズだけになったイザベラの額にキスをしたアドリアンが、背に結ばれたシュミーズの紐《ひも》を優しく解いていく。

もはや肩紐《かたひも》で引っかかっているだけになったシュミーズの薄い布地。ツンとたった胸の尖りが目立って、それが恥ずかしかった。

「あ、アドリアン、さま」

「私を見て、イザベラ」

「……、はい……」

アドリアンがシュミーズ越しにイザベラの胸を揉む。大きな手で包まれるように揉まれると、温かさと心地よさで安堵するように息を吐いてしまう。

アドリアンの手のひらに、胸の尖りが押しつぶされ、やわらかい胸の中に沈み込む。

こりゅ、こり、こりゅ……とアドリアンの硬く大きな手のひらが、イザベラの胸の尖りを転がす。

意図してそうしているのだ、と気付いたとき、イザベラはかあっと顔を熱くした。

「……ッ、あ……。アドリアン様、そこ、あの……ッ」

「ごめんね、気持ちよくなかった?」

アドリアンが言って、手のひらをイザベラの胸からどける。

急にぬくもりを失った乳房がふるりと揺れた。それにほっとしてしまうより、胸からアドリアンの手が去って行ったことをさみしく思う自分がいて、イザベラはごまかすように自分の胸を腕で隠した。

アドリアンの唇が、イザベラの耳にちゅ、と触れる。

「隠さないで」

「で、でも」

「全部、見せて」

「……ッ」

懇願のふりをして、けれどその言葉にはイザベラを従わせる力があった。強引でもない言葉は興奮に濡れていて、湿った吐息が言葉と掻き混ざってイザベラの耳朶を打つ。

イザベラは目を閉じて、そろそろと腕を体の横へやった。シーツを握って、この感覚をやり過ごそうとした。……その時だった。

かり……。

なんのことはない。アドリアンの爪先が、イザベラの胸の、すっかり硬くなってしまった先端の粒を、シュミーズ越しにひっかいただけだ。けれど、それまで散々手で、やわらかく焦らされて意識の集中したそこに、直接的な刺激は、言ってしまえば毒だった。

布越しなのもよくない。ぞりぞりとシュミーズの布の繊維に磨かれた乳首はイザベラの腰を跳ねさせた。

「ひ、ぁ、あ……ッ」

ただ胸を、布越しに引っかかれただけ。それだけだ。

それなのに、イザベラの身体の奥はきゅんと甘く痺れ、とぷとぷとぬめった蜜をこぼした。

極まるような刺激ではない。

けれど、アドリアンの指が何度もそこを往復し、時にはぴんとはじくせいで、イザベラの頭の中ははじけるような熱に支配された。

「ああ、ぁ、ああ……ッ、そこ、そこだめ……ッ」

「布ごしに、ぞりぞりって、ここ、引っかかれるの好き？」

「好き、好き……ぃ、……ッあ」

「そう、よかった」

アドリアンの言葉に、わけもわからず返事をする。

まだ行為にすら入っていない前戯でこんなふうになってしまうのは、いくらなんでも敏感過ぎるだろう。

……それとも、こうなってしまうのは、イザベラがアドリアンに恋をしているからだろうか。

「あ、ああ……あ……、ん、ぁ」

シーツを握りしめた手に力がこもる。

アドリアンが片方の胸を解放して、それにイザベラがほっとする間もなく、なにかあたたかく湿ったものがイザベラの胸の先端を包み込む。

イザベラの胸にさらりと触れるものは、アドリアンのつややかな黒髪だ。

アドリアンに、布越しに胸を舐《な》められている、と知ったとき、イザベラは目を見開いた。

「そこ……ああ……ッ、ん……ッ」

舐めないで、という言葉は高く澄んだ嬌声に取って代わられる。

ぞりゅ、ぞりゅ、とぬめりとともにそこばかりこすりたてられ、かと思えばもう片方の乳首は緩急をつけてひっかかれ、イザベラはいやいやと首を横に振った。

イザベラの金髪がぱさぱさとシーツを叩く。

けれどアドリアンの不埒《ふらち》な指先は、そしてさきほどイザベラの口中を愛撫《あいぶ》したばかりの舌は止まってはくれず、イザベラはびくびくと体を跳ねさせることしかできやしない。

「一度、イって。イザベラ」

「ッ、ア――……」

イザベラの声が一際甘く響く。

声に誘発されたからか、腰を重たくするようなテノールに甘重くささやかれて、イザベラの頭が真っ白になった。

脚の間からこぷり、とごく小さな泡音を立てて蜜が滴るそれを恥ずかしく思う暇もなく、アドリアンに唇をふさがれる。

「ん、ん……ッ」

「は、イザベラ。かわいい……。でも、これだけでイってしまうと、この先が大変かもしれないね」

――この先？　こんなに気持ちいいことが、まだ続くの？

イザベラは生理的な涙でぼやけた視界にアドリアンの幸せそうな顔を映して、ぼんやりとそんなことを考えた。アドリアンのシャツがぱさりと音を立ててシーツに落ちる。

「まだ……おわらない、の……？」

「終わってほしいの？」

アドリアンの声が低くなる。強い語気は、イザベラを責め立てるようだ。

「イザベラがこの行為を嫌いでも……私からは、逃がしてあげられないよ」

アドリアンの黄金の瞳がゆらりと煙る。イザベラは、いいえ、と首を横に振った。

「おわって、ほしく、ない……」

アドリアンと、もっと愛し合いたい。愛して、可愛がってほしい。

イザベラの蕩けた表情から、イザベラが嫌がっていないということを察したのだろうか。アドリアンは目を細め、イザベラのこめかみにキスを落とした。

「よかった。……ごめんね、イザベラ。怖がらせて」

「こわくなんて、ないわ……。あなたと、こういうことをするの、好きだもの」

最後は小さくなった言葉に、アドリアンが微笑む。

「……続けるね」

アドリアンの指先にシュミーズの肩ひもを落とされ、イザベラの白い胸が月の光にさらされる。胸の中心に、さくらんぼのように赤く染まった蕾が転がっている。

つんと尖りきったそこを改めて目にして、イザベラは自分がひどくはしたないものになった気持ちになった。

「……かわいい」

アドリアンの唇が、尖って震えるそこに落とされる。

「ああ、ん……ッ」

ぱくりと口に含まれて、イザベラの唇から甘やかな声が漏れる。

舐られて、舌のざらつきに乳首の小さな凹凸までを暴かれるとたまらなかった。

かりり、と歯を立てられ、かと思えば優しく甘やかすように舐められる。最後にちゅっと吸われて、イザベラはまた達した。

「あ、は……ぁ……」

「気付いている？　イザベラ」

「あ……なに、に……？」

「腰が揺れてる。気持ちいいんだね。……かわいい」

「っ、あ」

イザベラの乳房にアドリアンの唇が落とされる。同時に、かすかな痛みが走る。けれど、それは甘苦い痛みで、快楽と区別がつかない。

イザベラの白い胸にぱっと咲いた赤い花に、アドリアンが微笑んだ。

「イザベラ、私の……私の、かわいい君に、所有印をつけられて嬉しい」

「これ、そうなんです、か」

前世でいう所のキスマークというものだろうか。初めて見た。

恥ずかしいけれど、これがアドリアンのものになれた証だというのなら、なんだか面はゆい。

そっと赤い花に触れたイザベラは、口の端をそっと上げる。

――そうして、ふいに見上げたアドリアンの黄金の瞳が炯々と輝いているのを見た。

あ、食べられる、と、本能的に思った。股からとぷり、と蜜が零《こぼ》れるのを感じる。

アドリアンの顔が近づいてきて、噛みつくように口付けられた。

アドリアンの肉厚の舌がイザベラの舌に絡められ、どうしようもなく気持ちがいい。

そうしている間にも、アドリアンの指先が胸を辿《たど》り、腹の上を伝う。

へその上のあたりをきゅむ……と押して、イザベラにその奥にある子宮の存在を意識させたところで、アドリアンが、イザベラと唇が触れ合うような距離のまま、囁いた。

「私のものは、ここまで入るかもしれないね」

「え……」

「いつも、最後まで入っていないから。君の、腹の、一番奥に踏み入って、踏み荒らしたいと思ってしまう。君のすべてを征服して……。そうして、君の心配ごとも、なにもかもを私だけにしたい」

「アドリアン、さま」

「苦しまないで。せめて、私とこうしているときは、なにも考えず、私に溺れて」

「……」

「……君が不安になるのを、私のせいにしてほしい」

「あ……」

アドリアンの手がイザベラの腹を押す。

きゅんとわななく子宮が切ない。

わかっていたのだ。アドリアンは、イザベラがなにかを恐れていることに気付いている。気付いていて、信じると言ってくれたのだ。

イザベラはほろ、と涙をこぼした。アドリアンの瞳の中に、それが映っている。

零れた涙が快楽ゆえのものなのか、嬉しさであふれたものなのかは、自分でもわからなかった。だから、イザベラは答えの代わりに、伸び上がってアドリアンにキスをした。

触れるだけの口づけは、まるで小鳥の雛《ひな》のついばみのようだ。

「おな、か……」

「イザベラ……?」

「おなかの、なか、奥まで来ていいから……。だから……愛して……ください」

愛してほしい。なにもかもを忘れるくらい。考えられなくなるくらい。

だって……私も、あなたを愛しているから。

イザベラの言葉を、アドリアンが聞く。聞いて、目を閉じた。やがて目を開けたアドリアンの目には、蕩けてくてくてになったイザベラの白い体が映っている。

「イザベラ……。うん——愛すよ」

アドリアンの手が、イザベラの手と絡められる。指の一本一本を絡めあって、ぎゅっと離さないように握り合う。

アドリアンの、もう片方の指先が、イザベラの下肢に伸ばされた。

アドリアンの手がドロワーズの隙間から差し入れられ、ゆっくりと布地をずらす。

人差し指と中指、二本の指で、ふっくらとした二枚の花弁をそっと割り広げるように触れて、その上にちょこんと突き出した花芽を親指で押しつぶされた。

「ひ、ぁあ……ッ」

イザベラの喉から濡れた嬌声があふれる。アドリアンの綺麗な指にとぷんと蜜がかかり、それがどうしようもなくはしたなく思えて、イザベラは顔を覆いたくなった。

けれど、シーツを握りしめた手は強く握りすぎたせいでしびれて動かせないし、アドリアンと繋いだ手を離すこともできない。

晒されたままの顔が恥ずかしい。イザベラはふるふるとかぶりを振った。

「イザベラ。痛い？」

「いたく、ッ、ない……けど……ッ」

「痛くないけど？」

花芽をくちくちとこねられ、イザベラは体をのけぞらせた。

「は、ずかし……」

「恥ずかしくなんてない。あなたはいつだってかわいい」

アドリアンの指先がするりとイザベラの下肢を撫でる。

痺れるような快楽を得ているそこは、もはやそんな優しい刺激でも快感だとうけとってしまう。

腰をくねらせたイザベラにまたふっと笑みを落として、アドリアンはまた花芽をきゅっとつまむ。

「ああぁん……ッ」

甘い声が漏れ出るのを止められない。甘痛い刺激がイザベラの下肢から腰を抜け、頭までをくし刺しにする。

ぷし、と下肢からなにかが飛ぶ。

それをイザベラが見下ろすより前に、アドリアンの指先がイザベラのはくはくと誘うように開いた花弁の中に差し入れられた。こしゅ、こしゅ、と体の中をこすりたてられて、イザベラの息が詰まる。

「——……ッ！」

もう、なにをされても気持ちがいいのだ。

イザベラはまなじりからこぼれる生理的な涙で視界がにじむのを感じながら、アドリアンの指に感じ入った。

最初は一本だったのに、二本、三本と増やされた指がバラバラに動かされ、イザベラの中をかき混ぜるのがたまらない。

「気持ちいい？　イザベラ」

「ああ、ぁ、ああん……ッ」

「言って、イザベラ。あなたの口から聞きたい」

アドリアンの指に膣壁を責め立てられる。

こすりあげられた膣ひだが、アドリアンの指に甘えてすり寄るのが自分でも分かった。

イザベラの蜜はひっきりなしにあふれ出て、アドリアンの手を汚している。それを恥ずかしく思う余裕がどんどん削られていく。

「イザベラ」

手に力を込めた。

アドリアンがイザベラの言葉をねだってくる。イザベラは喘《あえ》ぎながら、アドリアンと繋いだ手に力を込めた。

「きもちいい、きもちい、です……ッ、きもちいいから……ァ」

ふるふると振った顔から涙が散る。気持ちよすぎるが続いて、甘苦しい。

過ぎた快楽は毒になる。

イザベラは金に輝く髪を振り乱して泣き喘いだ。

──気持ちいい、気持ちいいから、もうやめて！

この先があると知っている。ちゃんとわかっている。

けれどイザベラの身体はもうとろとろに蕩けていて、これ以上の快感の享受なんてできやしないのだ。

そう思って伝えた言葉は、しかし逆効果だったらしい。

アドリアンの指が抜き去られる。ほっとしたと同時に、それまで秘所に埋め込まれていた指三本もの質量が急になくなったことで、イザベラの蜜壺はアドリアンを求めてわななきだした。

「……ァ、あ……」

イザベラの、シーツを掴んだ手が緩む。やめてくれたのだ、と思う気持ちがある。でも、こんな中途半端で終わるわけがない、ということもわかっていた。

「イザベラ……気持ちいいと、思ってくれるんだね」

興奮したようなぎらついた黄金の目。

そこにくたくたになったイザベラが映っている。顔の横に手を付けられて、耳元に唇を近づけられた。

グラスにたまっていくような感覚が今にもはじけそうだ。これは、きっと、よくない。

イザベラがそう思って、なにかを言おうと唇を開いた、その時だった。

「――イザベラ、愛してる」

「――ッ」

きゅん、と腹の奥――そこにある子宮の存在を感じ取る。

きゅんきゅんと子宮が収縮する。アドリアンを受け入れたくて、今にも彼を迎え入れようと震えている。

そうして、イザベラは喉をのけぞらせた。

吐息とまじりあった言葉がイザベラの脳内を直接侵すようだった。イザベラの花弁にアドリアンの怒張が押し当てられる。

何度もイザベラを穿《うが》ち、愛してきたその雄芯を、イザベラの胎内は悦びとともに受け入れた。

「ひぁああ……ッ」

「イザベラ……、どれだけ愛しても、君の中はきつい……、ね……」

「ア、ああ……ッ」

嬌声をこぼしてイザベラはアドリアンの怒張が胎内をぞりぞりと掻きむしる衝撃に耐えた。アドリアンの熱を持った怒張を、イザベラの膣ひだが抱きしめる。

「最高だ……イザベラ、好きだ、好きです……ッ」

苦し気なアドリアンの顔が愛しい。

イザベラは涙で滲む視界の中、アドリアンの腕に手を添えた。力の込められた腕は筋肉質で硬い。

それはまるで、イザベラを閉じ込める檻《おり》のようだった。

「アドリアン、さま、私も……ァアッ……ッ」

イザベラはそれに言葉を返そうとした。――返そうとして、できなかった。アドリアンの怒張が、今までよりいっそう奥へと入り込み、膣を満たす。

こつん、と子宮口に触れたそれに、甘くて痛くて重たい感覚を覚えた。

「あ……あ……」

もう終わりか、と思ったそこから、さらに挿入《はい》ってくる。もう限界だ、もう受け止めきれない。イザベラのおなかが破けてしまう。

奥へ奥へとアドリアンの怒張が侵入してきて、やがてそれがイザベラの薄い腹をわずかに膨らませるような想像をしてしまった。

「――……ッあ、ん、んん……ッ」

「………ッ」

そこでようやく、アドリアンが息を吐いた。

「全部、挿入った、ね。わかるかい？」

イザベラはアドリアンの視線を追いかけた。追いかけて、息を呑んだ。

互いの下生《したば》えが絡んだそこ、アドリアンの腰が、イザベラの秘所にぴったりとくっついている。あんなに大きいものが、本当にイザベラの中に納まってしまったのだ。

目をぱちぱちと瞬くたびに、涙が頬を伝い落ちる。

それを口付けで吸い取って、アドリアンはイザベラに微笑みかけた。

「動くよ」

「――え、ぁ、ああ……ッ」

アドリアンの怒張がイザベラの蜜壷から抜き去られる。そうされるとイザベラの膣ひだが、まるでアドリアンにいかないで、とでもいうように甘えてすがるのだ。

「ん、ああん……ッ、ああ、ああ……ッ」

「く……イザベラ……ッ」

アドリアンの熱い怒張がイザベラの蜜壷のふちにひっかかる。

イザベラの中はざわめいて、アドリアンを引き留めようとする。そうすると、今度は奥の奥まで暴くようにまた怒張が突き入れられた。

「ひ、ィあ……ッ」

子宮口へ到達し、奥を叩いた後はまた雁首《がんくび》で膣壁をひっかきながら抜き去って行く。

子宮口を何度もノックするその怒張に、イザベラは今度こそ耐えられない。

「あ、ああ……ッ」

「イザベラ、かわいい……」

きっと涙や汗でぐちゃぐちゃだろうイザベラの顔をかわいいと言って、アドリアンは何度も口づけを落とす。

きっと、アドリアンはどんなイザベラでも愛してくれるのだろう。

それだけは、イザベラにだってわかる。

でも不安なのだ。このまま、ヒロインであるリリアが近づいてこなければいいと思って、イザベラは眉を歪めた。リリアと会いたくない。

そうしたら、イザベラは今度こそどうなってしまうかわからない。『小説の強制力』が怖かった。

「イザベラ、イザベラ……私に、集中して……?」

「あ、あああ……ッ」

考え事をしているのがどうしてわかるのだろう。

苛立ったようにどちゅ、どちゅ、と何度も奥を穿たれ、イザベラは甘い声をあげる。

やがて迫ってくる大きな波のような感覚に、イザベラはアドリアンの手を握ることで耐えようとする。

「――ァ、ああ……ッ」

頭が真っ白に塗りつぶされるような感覚。イザベラの胎内を甘く重い情愛の証が侵してゆく。

アドリアンの汗がぽたりとイザベラの胸に落ちて、イザベラは足元にくしゃくしゃに丸まったドレスやら下着やらの存在を感じながら、これで終わってしまう、と寂しく思っていた。いつもそうだ。行為の時はぐちゃぐちゃになるまで愛されるのに、苦しいのに、溺れるような感覚は名残惜しい。

解かれた手で、イザベラが、まだアドリアンが入ったままの白い腹を撫でたとき、だった。

「……？　アドリアン、さま？」

「ごめん、イザベラ。……足りない」

そう言って、アドリアンがイザベラの身体をくの字に折り曲げた。

アドリアンの怒張がまた硬さを取り戻すのを感じて、イザベラは息を呑んだ。抜かれなかったことで、アドリアンの白濁が外に零れていかない。

イザベラの子宮内でたぷん、と揺れた気までした。

「アドリアン様、……ッあ」

「イザベラ……ッ、イザベラ……ッ」

折り曲げられた体は、体勢のせいで、より深くまでアドリアンを受け入れてしまう。あれ以上はないと思っていたのに、だ。

子宮がアドリアンの子種をもらえることに喜んできゅうきゅうと収縮する。

疲れ切っているのに受け入れてしまう。

まるで自分の身体ではないみたいで、イザベラは目をぎゅっと閉じた。

「ぁ、ああ、ああ、あ……ッ」

ぞりぞりと膣ひだをこそげとるように強く掻かれて、押しつぶされた体がより強く快楽を得て、ひっきりなしに声があふれる。

子宮口がアドリアンの怒張の先端とキスをして、その粘液にべたべたに侵されて――それが、たまらなく気持ちいい。

イザベラの胸がアドリアンの胸板に押しつぶされ、ふにゃりと形を変える。

そんなことにすら感じ入ってしまって、イザベラはアドリアンの首に、すがるようにかじりついた。いよいよ本当に限界が近い。

「は、ぁあ、ああ、ああ……ッ」

「イザベラ――」

イザベラの喉から、一際高く、甘い声が漏れる。

ついで、イザベラの子宮に熱いものが注がれる感覚があった。たぷ、と揺れるほど注がれたそれが、イザベラの中で遊んでいる。

体力が尽き果て、もう指一本も動かせない。ちかちかと光る星は、本当に星だろうか。それとも、イザベラが疲れすぎて光っているように見えるだけだろうか。

――あ、きれい。

黄金のように輝く瞳がイザベラをみている。

それを自覚したとき、イザベラの意識は今度こそ、夜の闇の中に飲み込まれた。

◇◇◇

行為のせいでどろどろになった身を清め、夜着を着せたイザベラの顔色は、今は良い。

アドリアンはベッドの上で眠るイザベラをじっと見つめながら、ベッドサイドの椅子に座っていた。

疲れ切っているからだろうか。イザベラの寝息は穏やかだ。

港街――ロットの街から帰ってくるときに気絶したイザベラを思い出す。イザベラの顔は蒼《そう》白《はく》で、額には汗がにじんでいた。

アドリアンの握った手を弱弱しい力で握り返し、苦し気な顔で「私を信じて」と何度も繰り返していたイザベラ。

イザベラには悪い噂が付きまとう。

そして、それは真実なのだろう。ただ一つ、そこにイザベラの意志が介在していない、という事実を除けば。ロットの街でのイザベラは、そして、夏のあの夜会から今までの三か月間、夫婦としてともに過ごしてきたイザベラは、優しく、控えめで、こちらが心配になるくらい他人の目を気にする女性だった。

自分のしたことの結果がどうなるかを考えて行動するイザベラが、あのような衆人環視の中、なにも思わず衝動的にリリア・ブルーベルを罵倒したとは考えられない。

それは、この、今苦しんでいるイザベラがなによりの証明だ。

あの場にいた船乗りの婦人たちは、功績もなにもないリリア・ブルーベルよりイザベラを心配していた。

あんな豹変はおかしいと、誰の目にもわかるほどだったのだろう。

——イザベラに、このような行動をさせたものがいる。

それは、イザベラの噂を聞いてからずっと考えの一つにあったことだった。

アドリアンは目を閉じる。荒れ狂う怒りをどうにかしなければ、イザベラが目を覚ました時、いつもの穏やかさで話しかけられない。

その時、ふとドアをノックする音が聞こえた。

この遅い時間に夫婦の寝室を尋ねてくるのは、アドリアンがまだ起きていると知るものだけ――すなわち、家令のワトスン以外にありはしない。

「入れ」

アドリアンが短く返事をする。

音もたてずドアを開けて一礼し、入ってきたのはやはりワトスンだった。

ワトスンは背後に誰かを連れている。それはマーシィだ。

「奥様……」

不安げな顔で、眠るイザベラを見やるマーシィは、イザベラの顔色が今は悪くないのを知って、ほっと胸をなでおろしたようだった。

アドリアンはイザベラの体の首元までをシーツで覆った。ワトスンやマーシィだとしても、イザベラの夜着姿を見せたくなかったからだ。

「あの乱闘騒ぎについてですが……結果から言って、なにもありませんでした」

「そうか、やはりな……」

ワトスンの言葉に、アドリアンは首肯した。アドリアンが到着したとき、騒ぎもなにも、港にはいつもの喧騒《けんそう》があるばかりで、問題という問題は起こっていなかったのだ。

「乱闘していたものもおらず、港ではそもそも乱闘を目撃したものもおりませんでした。ですから、やはり護衛が嘘をついていた、ということで間違いないかと思われます」

それも予想していたことだ。

あの時、護衛は焦っていたが、いざ港に着くとぼんやりと現場を見ているだけだった。

具体的に「どこで」乱闘が起きているか、ということを全く話さなかったのだ。

王都から連れてきたとはいえ、その場で見たのに場所がわからない、というのはおかしかった。

「護衛の男はなんと証言している？　拘束は？」

「拘束はしています。証言は……嘘をつく気はなかったのに、突然体が勝手に動いた、と」

「ふむ……他には？」

「街の警備隊に少し魔法を使えるものがおりまして、護衛を拘束する際、彼から魔力の残滓《ざんし》が見られた……おそらくは、魔道具から漏れたものでしょうと」

「なに……？」

魔道具を使用すると、体の表面にわずかにだが魔力が付着することがある。

使用者が慣れているなら魔力の漏れはほとんどないのだが、初めての相手などに使う際は、そういうことがある。

だが、護衛や船乗り、警備隊が使うような、身体能力を上げる魔道具は、この港には存在しない。

魔道具をつくることができるのは必要素材の都合上、東の大陸に限られており、この国では輸入するしか魔道具の入手方法はない。

港で取り引きしている物品の目録はすべて頭に入っている。

「護衛の意識に混濁は？」

「ないそうです。虚偽を申しているときも、意識ははっきりしていた、と。操られた、という感覚に近いのかもしれません」

「……なるほど。ワトスン、その護衛の拘束は解いていい」

「良いのですか？」

「ああ、おそらく、違法魔道具を使われている。先代公爵の摘発した違法魔道具のリストに、他者を操るものがあったはずだ。……外部に出たとは信じたくはないが、護衛の証言からしてその可能性が高い。それが本当なら彼も被害者の一人ではある。魔力での治療ができる医者に見せてやってくれ」

「は。承知いたしました」

ワトスンが一礼する。アドリアンは、今もワトスンの後ろで案じるようにイザベラを見つめているマーシィに視線をやった。

「それで、マーシィ。君もなにか用件があるのだろう？　おそらくイザベラのことで」

「は、はい……！」

マーシィは手を胸の前で握りしめた。

アドリアンが先を促す。

「侯爵様は奥様が、二重人格と言われていましたが、あそこまで突然お人が変わったのは、やっぱりおかしいです。それまで奥様は穏やかで、あたしらとも普通に話してたんですよ」

マーシィがはっと口を押える。イザベラを見やり、イザベラに起きる気配がないのを確認して、ほっとしたように続けた。

「別人格と言うよりも周りの声も聞こえていないみたいでした。あたしら、ずっと奥様を呼んでたのに。それまでウェストリンギア公爵夫人を名乗ってたのに、急にモントローザ侯爵令嬢、なんて言い出すし」

それに、あたし、見たんですよ。とマーシィは続けた。

「あたし、たしかに見たんです。奥様の目に涙がにじんでたのを。きっと、あんなこと言いたくなかったんです！」

マーシィの言葉に、アドリアンの目が暗くなる。それは、部屋の暖炉の炎が揺らめいたせいだけではないだろう。

「……ワトスン」

思ったより、低い声が出た。

ワトスンも真剣な顔で頷く。

「はい。護衛に詳しい話を聞いてきます」

護衛と症状が似すぎている。二人とも、同じように、なにかの力が介在している可能性が高い。誰かに、操られていると考えるのが自然だ。

「ほかには？　マーシィ。彼女がああなった原因に心当たりがあるんだな？」

「あたし、ずいぶん昔に先代領主様が摘発した魔道具を遠くから見たことがあるんです」

マーシィが思いつめたように視線を上向ける。

「その中に宝石があって驚いたんですよ。真っ赤な宝石……聞けば、あれは違法魔道具だっていうじゃありませんか。へんな、血の色みたいな真っ赤な色だったからよく覚えてます。それと、まったく同じ宝石が、あの、リリアとか言う女の子の首元についてたんです。ペンダントだと思います」

このくらいの、と手で丸い形を作ったマーシィは、眉をひそめた。

「それで、さっき聞いたら、ダニーが……あたしの旦那が、あの女の子をここ三日くらい、港で見てたっていうんです」

「……なるほど、あとでダニーにも詳しい話を聞く必要があるな……。ありがとう、マーシィ。助かった」

「いいえ。……あたしの記憶が、少しでも奥様のためになればいいんですけど……」

マーシィはイザベラの眠っているベッドを見やる。イザベラの眠りは今は安らかだ。それにほっとしたような顔をして、マーシィはワトスンと一緒に退室していった。

その背中を見送って、アドリアンは握ったままだったイザベラの手をそっと撫でた。眉が歪み、目じりに涙がにじんでいる。それを優しく拭ってやりながら、アドリアンは小さく息を吐いた。

「大丈夫です。イザベラ」

やわらかな白い手をぎゅっと握る。聞こえてないとわかっていても、大丈夫、と繰り返す。

マーシィも言っていたがイザベラの豹変は、突然すぎて不自然だ。

加えて、マーシィの証言である。リリア・ブルーベルの持つペンダントが、違法魔道具と酷似していたという点。

そして、ここ三日ほどリリア・ブルーベルが港にいたということも気になる。観光だというのなら、子爵家とはいえ貴族令嬢が付き添いもなくふらふらしているのはおかしい。

それなのに、土地の知識などほとんどないはずのリリア・ブルーベルは護衛がいなくなった途端に、まるで待ち構えていたかのようにイザベラに接触してきた。

……考えてみれば、気になる点は他にもあった。騒動があったと言ってアドリアンを呼び出した護衛のことだ。彼は、違法魔道具を使われていた痕跡があった。

ぴんと糸を張ったように、点と点が線で繋がる。

アドリアンは顔を上げた。

まだ確認しなければならないことはあるが、おかしな出来事をつなげていくと、すべてリリア・ブルーベルに繋がるのだ。

考えてみれば夜会やパーティーの時も彼女は招待客を常に気にしていた。

フリッツを招待しないでくれと言われ、婚約破棄の事もあったから当然だと思っていたが彼女が真に会いたくなかったのはフリッツではなくリリアの方だったのだ。

なぜイザベラが身分で言うなら怖がる必要もない相手を避けようとしていたのか。

それは確信だった。

イザベラは加害者ではなく、リリア・ブルーベルの操る違法魔道具の被害者だったのだ。

アドリアンはぐっと奥歯を噛みしめた。砕けそうなほど強い力で。

——イザベラを、傷つけたリリア・ブルーベルを許さない。

今すぐリリア・ブルーベルを問い詰め、捕まえて罰したいが、まだ決定的な証拠がない以上、アドリアンにもどうにもできない。

ものとして、見える証拠を探さなければいけない。イザベラは無実なのだと証明できる武器を。

アドリアンの、食いしばった奥歯がみしみしと鳴る。

と、そこで握っていたイザベラの手が白くなっていることに気付いた。

アドリアンの力が強すぎたせいだ。

慌てて手をほどき、今度こそ、優しくイザベラの手に触れる。あたたかな温度に深く息を吐いた。

安らかな寝顔を前に、アドリアンは強く目を閉じる。

「君を幸せにする。君を守る……。イザベラ、君を傷付ける相手を、私は決して許さない」

だから、泣かないで、今は安らかに眠ってほしい。

アドリアンはそう、誓いのように呟いた。

第六章

木々の頭は色付き、葉が落ちて、冬になった。

昨夜は雪が降ったらしく、イザベラが目を覚ました時には窓の外が白かった。

今朝は一面の銀世界だ。

朝食を終えて、アドリアンとともに庭に出たイザベラは、すっかり積もった雪の上をサクサクと音を立てて歩いた。

アドリアンが、きょろきょろと物珍しそうにあたりを見回すイザベラに微笑む。

「雪は、珍しいですか？」

「そうですね。モントローザ侯爵領では雪が降らなかったので」

「イザベラのご実家は南部にありますからね。雪を見たこと自体は？」

「ありますわ。でも、こんなに積もっているのを見たのは久しぶりです」

スピネル王国は、大陸では比較的暖かい国だが、それでも冬は相応に雪が降る。

けれど、これほど積もるのは珍しい。ウェストリンギア公爵領は、海から水分を含んだ冷たい空気がやってきて、それが雪になって降るのだという。

イザベラがはぁっと息を吐くと、その息が白く染まる。スピネル王国の南部にあるモントローザ侯爵領は冬でもあまり寒くはならないから、これほど寒いのは前世ぶりかもしれなかった。

イザベラは、隣に立つアドリアンを見上げた。

公爵夫人ともなればオフシーズンでも領地に貴族の知り合いを招いたりして社交をするのが一般的だ。

それを、イザベラは療養、という名目で屋敷に引きこもって過ごすことを許されている。あのあと、リリアはイザベラの元婚約者であるフリッツの迎えで王都へと帰って行ったらしい。

オフシーズンを王都で過ごすのは、フリッツが領地へ帰るのを渋っているからだという。

まさか、リリアとの婚約が親族に認められていないのだろうか。

フリッツはまだ侯爵家を継いで間もないから、親族の反対を強く振り切って結婚することが難しいのだ。

それならば、リリアとアドリアンが結ばれる可能性が潰《つい》えたわけではない。

それに、リリアとイザベラの行く先が合致すれば、イザベラはまたリリアをいじめてしまうかもしれない。それは十分あり得る話だ。

それを気にして不安に顔を曇らせたイザベラに、アドリアンが提案したのが、屋敷への引きこもりだ。

いや、「引きこもり」という言葉は使わなかったけれども。

――冬の間は療養ということにして、屋敷の中だけで過ごせばいいですよ。屋敷に閉じ込める形になってしまって、申し訳ないですけれど。

――そんな……、このお屋敷は広いですし、閉じ込められたなんて思っていません。快適ですよ。

――それならよかった。……正直、毎日綺麗になっていくイザベラを誰かに見せるのは私が嫉妬でおかしくなってしまいそうになるので、屋敷の中にいてくださるのは、ありがたいですね。

――……？

と、そんな冗談交じりめいたことを言って、安心させてくれた。

確かに屋敷にこもっていれば、彼女を害することはない。

甘やかされている、としみじみ思う。

はあ、もう一度息を吐く。白い吐息がふわりとあふれ、イザベラの視界が一時白く染まる。

「寒いですか？　部屋に帰ります？」

「いいえ、もう少しこの景色を見ていたいです」

言って、イザベラは足元へ視線を落とした。

誰にも踏まれていない白い雪はまっさらで、さらさらしている。イザベラは少し考えて、足元の雪をひと固まり、掬い取った。

「イザベラ？」

「少し待っていらして、アドリアン様」

雪をそっと握って、小さな塊になったものを、足元でころころと転がす。丸くなったそれをもう一つ作り、二つ重ねれば雪だるまの完成だ。

手のひらより少し大きい、小さな雪だるま。さすがに、前世に写真や動画で見たような大きさのものは作れないが、これはこれでかわいらしい。

「見てください。アドリアン様。雪だるまです」

「永久保存しましょう」

間髪いれずにアドリアンが口を開く。その勢いに驚いて、イザベラは「ええ……？」と困惑するような声を出してしまった。

「氷を作る魔道具はあります。それを使えば雪だるまを保存できるはずです」

「保存って……ただの雪だるまですよ。珍しいものではないです」

「イザベラが作ったということが重要なのです。イザベラの作ったものはすべて大切に保存すべき宝物です」

「大げさです」

イザベラは照れてしまって顔を赤くした。

寒いせいだとごまかそうとして、手袋をした手で頬を押さえる。

雪に触れたそれはひんやりと冷たかった。

「大げさではありませんよ。私には君がくださったものすべてが輝かしく見えます」

イザベラの手から雪だるまを受け取ったアドリアンは、掲げるようにして雪だるまを見つめた。

「ハンカチーフを贈ります。ウェストリンギア家の家紋を刺繍《ししゅう》して……」

「本当ですか？　嬉しいです。家宝にしましょう」

「使ってください！」

アドリアンがぱあっと嬉しそうに笑顔になる。

アドリアンの表情はまるで少年のようで、イザベラは思わず笑ってしまった。

そんな表情ですら、見とれてしまうほど美しいのだから、アドリアンはずるい。

「大げさです」

もう一度繰り返す。アドリアンは「大げさではありません」と雪だるまを大切そうに抱えている。

「それでしたら、このベンチの上に飾っておきましょう。後で庭師に頼んで、窓から見えるところに飾りなおしてもらえばよろしいわ」

「それはいい考えです。イザベラの言う通りにしましょう」

アドリアンは頷き、雪だるまが壊れないようにそうっとベンチに飾る。そうやって、少し考えて、アドリアンは自分の身に着けていたスカーフを外すと、雪だるまの首元に巻き付けた。

「これで間違えて壊されることはないでしょう」

「あら、かわいくなりましたね」

アドリアンの紫色のスカーフが、雪だるまの白を映えさせる。

木の実の目もない、ニンジンの鼻もない、貧相で小さな雪だるま。けれど、自分とアドリアンの合作だと思うと、そんな要素すらこの上なくかわいらしく思えてくる。

――と、イザベラの目が雪の上にぽつんと目立っている落ち葉を見つけた。そうだ、あれを飾れば、手の代わりになるかもしれない。大きさも小さくて、ちょうどいい。

そう思って一歩、踏み出したとき――イザベラのブーツの底が、凍って硬くなった雪を踏みしめてつるりとすべった。

「あ……っ」

「イザベラ！」

転ぶ、と思った。でも、次の瞬間、イザベラを包み込んだのは、冷たい雪ではなく、ほのかに体温の沁《し》みた、コートの布地――アドリアンの腕だった。

「っと……。危ないですよ。イザベラ」

後ろから抱えられるように抱き寄せられて、イザベラは目を瞬いた。

「あ、ありがとうございます」

お礼を言ったイザベラは、首だけで振り返った先、思ったより近いアドリアンの美しい顔に、目を見開いた。

だって心の準備をしていない。吐息を交換するほど近くなったアドリアンとの距離にどぎまぎしてしまう。

「あ、アドリアン様……」

「……イザベラ、照れているんですか？　かわいい……」

アドリアンがふっと笑う。そのまま目元に口付けられ、イザベラはぎゅと目を閉じた。

アドリアンの指先が、イザベラの頤を持ち上げる。キスされる、と思って、閉じた目に力を込める——けれど、その唇が触れることはなかった。

「唇が少し青いですね。この先、すぐ近くに温室がありますから、そこへ向かいましょう」

「え……あ……は、はい」

さし出してきたアドリアンの手を取って、イザベラは頷いた。けれど、耳がかあっと熱くなってしまう。髪を下ろしていて良かった。そうでなければ、はしたない勘違いをしたことがアドリアンにばれてしまう。

どうして目を閉じたのか、その理由に思い至ってしまったから、恥ずかしかった。

——私、キスしてほしい、と思ったんだわ。

結婚して、何度も体を重ねて。キスだって数えきれないほどしてきた。

それでも、いつだってイザベラは受け身で、キスを、行為を、受け取るばかりだった。

それが、いつの間に「キスしてほしい」だなんておもうようになったのだろう。

どうしようもないくらいに、キスされないことにがっかりしてしまった。

先導してくれるアドリアンの後ろ姿を見て、イザベラは胸を押さえた。

ガラス張りになった温室がすぐそこに見えている。中には色鮮やかな花が咲いていて、まもなく温室の中に入ったイザベラは目を見張った。

あたたかい。と同時に、外から見るよりずっと色彩豊かな花園が広がっている。

少し進んだ先には薔薇がアーチを作っており、椅子とテーブルが置かれていた。ガラスの壁越しに見える雪が非現実的にすら思える。

椅子に座るとすぐにアドリアンが柔らかい布を持ってきてくれた。温室の中はある程度防寒のための備品を備え付けてあるらしい。

ありがたく受け取って、イザベラはすっかり雪に濡れてしまった手袋とコートを脱いだ。もらった布で軽く手をぬぐう。

温室の中はぽかぽかと春のようにあたたかく、これならすぐに体も楽になるだろうと思われた。

——もっとも、イザベラの顔が熱いのは、寒さのせいだけではないのだけれど。

「急にあたたかいところに移動したからか、今度は顔が赤いですね……。イザベラ、寒くはありませんか？」

イザベラは「ええ、大丈夫です」と言って、膝に置いたはだかの手を見つめた。

あなたにドキドキしているせいです、とは恥ずかしすぎて言えない。

――アドリアン様は、ずるい。

アドリアンは、イザベラを好きだと、愛している、と言うのに、こうやって翻弄されてときめいているのはイザベラばかりだ。

イザベラはアドリアンにキスしたくて、そしてそれを自覚してしまって、心臓がはじけそうなほど恥ずかしいのに。黙り込んだイザベラを、疲れているからだと思ったのだろうか。アドリアンがふと「こんな手遊びはいかがですか？」と口を開いた。

視界の端で、ぱち、と小さなあぶくが弾ける。

顔をあげたイザベラの目の前には、アドリアンの両手がある。

開かれた指と両の掌《てのひら》の中に、丸い水の球が浮かんでいた。

「アドリアン様、それは……」

イザベラは目を瞬く。

イザベラの知識が正しければ、アドリアンの使っているものは「魔法」だ。魔法は魔道具の核につける燃料のようなもので、魔道具の力の源だ。

そして、その機能を決める、特別な人間にしか使うことのできない、不思議な力。

「アドリアン様は魔法が使えるんですか?」

「ええ、東大陸の魔法師ほどではありませんが」

魔法は人間に備わる先天的な力だとも、突然変異で生まれた力だとも言われている。

魔道具を使うことは誰にでもできるが、魔法を使うことのできる人間はごくわずかだ。

そして、魔法を使える人間——魔法師にしか、魔道具は作ることができない。

魔法師は東大陸の中でもごく一部の地域にしかおらず、その地域でも全員が使えるわけではない。

魔道具が高価なのはそのせいだ。

その魔法を、アドリアンが、使える?

「母方の先祖が東大陸から渡ってきたそうです。私は先祖返り、というやつでしてね。母方の血が濃いんです」

アドリアンが苦笑する。

なるほど、とイザベラは思った。東大陸の、特にその地域の人間はめったに外へ出ないから、本でしか知らないが、東大陸の魔法師の特徴は、確かに黒髪と金色の目である。

アドリアンの外見に現れている、どこか浮世離れした色彩には、つまりそういう理由があったのだ。小説には描かれていなかったそういう情報に、イザベラは改めて、ここが、今生きている現実なのだわ、と思った。

　思わず目を細めて口の端を引いたイザベラに、不思議そうな、あるいは拍子抜けしたような顔をして、アドリアンが言う。

「嬉しそうですね」

「はい。アドリアン様のことをもっと知ることができてうれしい、と思ったんです」

　イザベラの言葉に、アドリアンは目を丸くした。――そうして、その顔は、すぐにほっとしたような笑みに変わる。

「そうですね、イザベラ。君はそういう人でした」

「なにか、おかしいことを申しましたか？」

「いいえ。ただ、大抵の人は私に異国の――東大陸の血が流れている、と知ると、多かれ少なかれ、私との間に壁を作ってしまうんです」

　アドリアンが眉尻を下げて困ったように笑う。

「異国の血が流れていてもアドリアン様はアドリアン様ではないですか……」

「……そう言ってくれる君を、私はまぶしく思います」

　細まった黄金の目が、憧憬を灯《とも》してイザベラを映している。

　大抵の人は壁を作る、とアドリアンは言った。

　確かに、東大陸という謎の多い場所からやってきた人々――その血を受け継ぐアドリアンへの目は、壁、や偏見、という言葉で表現できるような、生易しいものではなかったのかもしれない。……イザベラに、そういう目で見られる可能性も、考えなかったわけがない。

アドリアンは、それでもイザベラを信じてくれたのだ。言葉だけでなく、行動で示してくれた。

秘密にしたいだろうことを、打ち明けてくれた。

心臓がぎゅっと締め付けられる心地がする。

「イザベラ、見てください」

アドリアンがぱっと手を広げる。アドリアンの手の内でころころと転がった水球が、薔薇を映してあざやかな色を宿す。

「まあ……！」

くるり、ころりと回転する水球が、ぽこりと泡を立てたと思った瞬間――水球が霧散する。

霧状になった水に、温室のガラスから差し込んだ日の光が通って、その霧が小さな虹を生み出した。

虹はすぐに消えてしまったけれど、その一瞬に、あでやかに咲いた薔薇の花の間にかかった橋は、本当に美しかった。

虹ができる原理は知っているけれど、それを魔法で作り出したことが――そして、その魔法が使える事実を、イザベラに打ち明けてくれたことが、心から嬉しいと思う。

イザベラの目は知らず潤み、そうして、アドリアンと視線がぶつかる。

アドリアンの金の目が、イザベラを映して柔らかく笑みのかたちに細められる
「イザベラ」

優しいテノールがイザベラの名を呼ぶ。ああ、と思った。

――私、本当に、この人が好き。

「アドリアン様」

「はい、イザベラ」

「……私、あなたと結婚できて、本当に良かった」

「――ありがとうございます」

イザベラの言葉に、アドリアンが嬉しそうに微笑む。――違う、そうじゃなくて、もっと。

「私、アドリアン様が好き。あなたを尊敬していて、今すごく幸せで――……。私、あなたを愛しているんだわ、と思ったの。そして、それが、とても、とても嬉しいのよ。私、あなたを好きになったことが、誇らしい」

唇が震える。

まるで、思春期の少女の告白だ。

けれど、どうしても伝えたかった。拙くても、上手に言葉にできなくても、この深い想いの一欠片でも知っていてほしかったのだ。

イザベラは、アドリアンの胸元に手を添えた。

アドリアンが驚いたような顔をする。キスしたい、と思った。……イザベラは、心のままに、つま先を立てて、伸び上がるようにして、アドリアンのそれに、自分の唇を重ねた。

触れるだけの、幼いキス。

それは、どうしようもなく甘くて、イザベラは、その柔らかな感触に酔いしれる。

まるで、雛鳥《ひなどり》のついばみのように、何度もキスを繰り返した。アドリアンの手がイザベラの肩を抱いて、震えている。やがて、息の続かなくなったイザベラが、アドリアンの胸元に添えた手に、力を込め、軽く押した。

——その時だった。

「イザベラ」

今度はアドリアンから噛みつくように口付けられる。

急に間近に迫った黄金の瞳にイザベラの紫色の目が驚いたように丸く映っているのが見えた。

「ん、んんん……!」

鼻にかかったような息は甘い。

アドリアンの匂いが鼻腔《びこう》を満たし、イザベラの腕から力が抜ける。閉じていた唇がアドリアンの舌先でノックされる。

ほだされやすい唇は、喜んで闖入者《ちんにゅうしゃ》を招いた。イザベラの口内に入り込んできた肉厚の舌が、イザベラの行儀よく並んだ白く小さな歯を一本一本、辿るように這《は》う。

「ん、んぅ……」

「ふ……」

アドリアンの腕はイザベラの腰を強く抱き寄せ、イザベラの腰が逃げを打つのを許さなかった。当然、頭を振って逃れることもできない。

アドリアンの指がイザベラの後頭部を引き寄せ、より深く唇を合わせた。

アドリアンの不埒な舌は、イザベラの頬の内側をなぞり、上顎の天井をこしゅこしゅとこすりたてる。たったそれだけで、アドリアンによって整えられた身体はくてんと力を抜いてしまう。アドリアンを受け入れようとしてしまうのだった。

イザベラの手はもはや抵抗の動作すらやめてしまった。

アドリアンがイザベラの舌の付け根をくすぐり、その小さな花びらのような舌を引きずり出すようにして自分の口腔《こうこう》内に招く。

そうされて、そのまま舌をやわらかく噛まれると、背筋がしびれるほど気持ちいい。アドリアンがイザベラのドレスを膝で押す。スカートとパニエに守られた脚の間に、布越しに入り込んだアドリアンの膝。それに優しく股の間を刺激されて、イザベラは昨晩散々愛された夜の記憶を鮮明に思いだしてしまった。

くち……と秘所が音を鳴らす。それは幻聴だったのかもしれない。けれど、イザベラの二枚の可憐《かれん》な花弁が、アドリアンを受け入れようとして蜜をこぼしたのは、事実だった。

「ん、んん……ぅ……」

濡れた感触が太ももを伝う。いつからこんなにはしたない体になってしまったのだろう。そう思っても、イザベラの体はアドリアンのキスに、膝の動き一つにどうしようもなく火照ってしまう。ぐり、ぐり、とアドリアンの膝がイザベラの股間をこねる――それに、甘くあがりそうになった声は、相変わらずふさがれたままの口の中にとどめられる。

おなかの奥が疼くような心地がした。こんな明るいところで「そういう」気分になってしまったことが恥ずかしい。戸惑う舌はからめとられ、動物が蜜を啜《すす》るかのようにじゅう、と吸われる。

イザベラの舌がこの上なく甘くおいしいものだというように唾液ごと舌を吸われ、イザベラは背を震わせて悶絶《もんぜつ》した。

狂おしい熱に。頭が沸騰しそうだ。

「あ……あ……ぁ……」

やがて、ようやっと解放された唇は赤くぽってりと腫れていた。イザベラの小さな舌はだらんと力なく唇から垂れている。

そんなイザベラを見つめるアドリアンの目は、ごまかす気もない熱情を孕んでぎらついていて――イザベラは、未だに強く抱きしめられたままの腰を無意識に揺らめかせた。

それを逃げようとした、と受け取ったのか、アドリアンがぼんやりとした目のイザベラと、視線を合わせて、吐息だけで囁く。

「――逃げないで」

「あ……」

その声は、毒だ。……毒に違いない。熱っぽく、欲を含んで湿った言葉がイザベラの鼓膜を震わせる。

「イザベラが悪いんですよ？　私が、耐えていたのに煽《あお》るから」

黄金色の瞳に見つめられ、あ、と思う。

これは、だめだ、と。求められている。

逃げられない。アドリアンに、イザベラの全部を食べつくされてしまいそうだった。そして、イザベラは思ってしまったのだ。食べられたい、と。

――すべて、明け渡してしまいたい、と。

イザベラの、やわらかな生地のドレスはボタンで留《と》まっている。

胸元のボタンをぷち、ぷち、と外しながら、アドリアンがイザベラの耳を食《は》む。

「イザベラ……抱いても、いいですか。ここで、あなたを愛したい」

美しいテノールが吐息とかき混ぜられてイザベラの耳朶を打つ。腰を抱くのとは逆の手がイザベラの手を握り、その指の間をすり……と撫でた。

「……だめです……っ」

「どうして」

「こ、こ、外だから……。誰か、来たら……」

「大丈夫ですよ。庭師には散策を邪魔しないように言ってあります。それに、私が君の肌を、誰かに見せるわけがない」

言って、アドリアンがイザベラの首筋に顔を埋める。首にちくりとした痛みが走って、イザベラはぴくんと体を震わせた。

「あ……あぁ……」

高められた熱がイザベラの体をぐるぐると回る。

むずがゆく焦らされて、イザベラはぎゅうっと目を閉じた。力が抜けて開きっぱなしになっている唇から、あえかな声が漏れる。

──陥落してしまう。こんなにも、こんなにも、愛しいのだと、いつくしみたいのだと、言葉で、視線で、指先で──乞われてしまっては、もう、耐えようがなかった。

「あいして、ください……あいして……っ」

「……ええ、もちろん」

アドリアンが、とろとろに蕩けたままのイザベラの目元にキスをする。優しく、あくまでもイザベラの意志を尊重するようにして何度も何度も口づけを落とされる。

イザベラの意志のように見せられたその行為。けれど実際は、イザベラはアドリアンの重く甘い情欲に翻弄され、息も難しいほどに溺れさせられているのだ。

胸元のボタンはすべて外され、コルセットの紐をほどかれる。

緩んだ上半身の締め付けに、イザベラが思わず息を吸う。

そうやって——アドリアンに捧げられるような形になった白く形の良い胸を、アドリアンのあたたかい手のひらが包み込んだ。

「ん、ぁ……ッ」

「イザベラ、綺麗だ……」

アドリアンが、日の光のもとにさらされたイザベラの目を見つめる。金の目に、イザベラの蕩けた顔が映っている。

明るいところで愛し合うのは初めてで、だからこそ、なにもかもを曝してしまうような恥ずかしさに、イザベラの耳の後ろが熱くなる。

「はずかし……っ」

「イザベラに恥ずかしい場所なんてないよ」

ああ、また。イザベラに対して敬語を外したアドリアンに、胸がきゅうっと切なくなる。

とろりと太ももを伝う蜜液が量を増した。

「ああ……ン」

イザベラの胸が、アドリアンの手にもみ込まれる。弾むように形を変える胸がもどかしい刺激を受けて、心臓がどきどきと高鳴ってしまうのを止められない。

アドリアンは、イザベラの体から完全に抵抗の意志がなくなったのを見て取って、イザベラの力の抜けた体を、花々を区切るガラスの壁に押し付けた。

ぬるい壁の温度にイザベラの肌が粟立《あわだ》つ。

そうしておいて、アドリアンはイザベラの股の間に差し込まれたままの膝を軽く持ち上げた。イザベラの体はアドリアンの膝に体重をかけてわずかに高さを上げる。

「——ああ……ッ」

ぐっと股間が圧迫され、ぐりゅりと押しつぶされたイザベラの花弁が、絞られたように蜜をこぼす。

その上にある花芯をもつぶされて、イザベラはつま先立ちになったまま全身をこわばらせた。

「やあ……っ、ああん……ッ」

「ふふ、こうして、少し膝で押しただけで、気持ちよくなってしまった?」

「はあああん……っ」

「言わなきゃわからないよ」

ぐ、ぐ、と膝で秘所をこね回され、突き上げるような快感に、イザベラは意味のある言葉を発することができないでいた。それがわかっているだろうに、アドリアンは意地悪な質問を投

たっ

げかけてくる。

その目は炯々と輝いて、イザベラを——己の唯一を、食らい尽くさんと見つめていた。たったそれだけの光景に、イザベラの子宮がきゅんと収縮する。

「アドリアン……様……」

「イザベラはどこもかしこもかわいいね。……ここも」

アドリアンの不埒な指先がイザベラの胸、その先端をきゅむ……と摘まむ。薄く色付いた桃色の尖りはすっかり硬くなっており、その存在を主張している。

アドリアンの整えられた爪先がかりかりとイザベラの乳首をひっかくと、それだけでイザベラの腰は砕けてしまった。直接的に感じられる刺激に頭に電流が走ったようになる。そうするとアドリアンの膝に体重がかかり、ますます声が漏れてしまうのだ。

「あ、ぁあ……っ……そこ……ばっかり……ぃ……」

はずかしくて、気持ちよくて身をよじる。薔薇の香りがむせ返るように鼻腔を満たすから、当惑した頭はなにをしているのか一瞬でわからなくなった。

「イザベラ、かわいいね……」

そっと唇をキスでふさがれ、あがった嬌声が飲み込まれる。

かり、かり、かり……一定のリズムでひっかかれる胸の先端がしびれ、知らず腰が揺れてしまう。

「ん、んんんっ……」

「ん、ふ……」

アドリアンの手がドレスの裾をたくしあげる。ドロワーズがぐっしょりと濡れているのがばれてしまった。

太ももをつう、と撫でられて蜜を拭われるのがたまらなく恥ずかしい。

頬をかあっと熱くしたイザベラに、アドリアンがふっと笑う。

「イザベラ。濡れていますね」

「知ってた、くせに……ぃ……っ」

イザベラの状態をわざわざ言葉にするアドリアンは意地悪だ。アドリアンの手がイザベラのドロワーズの隙間から入り込んでくる。

イザベラの秘められた花弁――その少し上にある花芽を優しく撫でられて、イザベラは紫色の目を見開いた。重甘い快楽が、イザベラの奥へ向かってしみ込んでくる。

やわらかくぱくぱくと口を開ける二枚の花弁にアドリアンが指を添える。

ただでさえアドリアンの膝に翻弄されているのに、そこに指が差し込まれて、膣壁を挟まれる形になって、イザベラは背をのけぞらせた。

それなのに、壁に押し付けられているせいで快楽を逃がせない。気持ちいい、苦しい、気持ちいい……。

「あ、あああ、ぁあ……っ」

花弁を開かれ、やわらかくこなれた膣壁を指の腹でこすりたてられる。しとどに濡れた蜜壺はアドリアンの指を歓喜して抱きしめる。

膣壁が、甘えすがるような動きでアドリアンの指を食んでいるのが自分でもわかる。

「あぁあ……っ」

「イザベラ……」

「アドリアン様、アドリアン様……ッ」

なにかが来る。こみあげる。全身が沸騰するような快楽に支配されそうになる。

こしゅこしゅとこすりたてられた膣壁が痙攣《けいれん》し、逃がせない快感が、衝動めいてイザベラの背筋を駆け上がる。

「アドリアン様、きちゃう……っ、なにか、きちゃう……ッ」

「――いいよ、イザベラ。イって」

アドリアンの指の動きが速くなる。とどめのように、イザベラの腹の内側にくっと指を曲げられて、イザベラはあっけなく達してしまった。

「はぁ……ぁ……ァあッ」

しかし、アドリアンの指はそれで止まりはしなかった。わななく媚肉をかき分けて、イザベラの膣壁をアドリアンの中指がこすりたてる。

「イザベラは、ここが気持ちいいんですよね」

ふっくらと膨れた、そこに触れられるとイザベラがてんでダメになってしまう場所を集中的に掻かれてしまう。

何度も体を重ねているから、弱いところはすべてばれてしまっているのだ。縋《すが》り付《つ》くようにアドリアンの腕に捕まって、イザベラはふるふると首を横に振った。

また、来てしまう。あの、どこまでも登って行って、帰ってこられなくなるような甘く狂おしい感覚に襲われてしまう。

いつもアドリアンはこうやって、イザベラをどこまでも甘やかして、蕩かして、ぐずぐずになるまで愛撫して、そうやって、イザベラの体から力が抜け切ってからようやくイザベラを愛してくれる。

イザベラを傷付けないためだと理解しているけれど、それをもどかしく思うくらいに、イザベラははしたなくなってしまった。

アドリアンのせいだ、アドリアンに愛されて、愛して、イザベラの体は、そして心はすっかり変わってしまった。

「アドリアン、さまっ」

「イザベラ?」

「もういい、もういいですから……っ。愛して、ください……っ」

腕を掴んで、アドリアンに懇願する。高ぶった熱がじくじくと思考を融《と》かしておかしくなりそうだ。

「――……」

目に生理的な涙を浮かべたイザベラの哀願に、アドリアンが一瞬、その動きを止めた。

フー……と静かに息を吐きだすアドリアンは、ついで、イザベラの唇を覆うように口づけた。

吐息をすべて奪われるようなキスにイザベラは目を瞬く。

アドリアンの金の瞳がイザベラを映してぎらついているのが見えて、イザベラの心臓がどくんと脈打つ。求められている――そう理解した。

「ふう、ん……っあどりあん、さま」

「……ハァ、イザベラは、煽るのが上手ですね」

言って、アドリアンはイザベラの体を反転させた。ガラスの壁にイザベラの裸の胸が押しつぶされ、ふにゃりと柔らかく形を変える。

ガラスは透明だ。ここは温室の中央だけれど、人が通りがかったら見られてしまうかもしれない。

「アドリアンさまっ、はずかし、はずかしいです……っ！」

「大丈夫、ここに人が来ないように、使用人には言ってあります。君との時間を、邪魔されたくはありませんでしたから」

――こういう行為をする予定では、なかったですけれど。

そう言って微笑むアドリアンは意地悪だ。イザベラに欲しがらせておいて、そんなことを言うなんて。

ガラスがひんやりと冷たい。なじむほどぬるくなるのは、イザベラの体温が高いからだ。

持ち上げられたドレスの裾からあたたかい空気が入り込んでくる。むせ返るような薔薇の香りに頭がくらくらした。

「イザベラ……」

アドリアンの声が熱っぽく耳朶を打つ。軽く耳を食まれ、吐息をかき混ぜるように吹き込まれるとたまらない気持ちになった。

脚の間がしとどに濡れている。アドリアンを求めてひくひくと震える花弁が開閉を繰り返す。

「アドリアン様……来て……」

イザベラの甘やかな声に、アドリアンが応える。

挿入された怒張がイザベラの狭い隘路《あいろ》を突き進む。

腹側のざらつきも、膣ひだもぞりぞりと掻きむしられて、イザベラは高く澄んだ声を溢《あふ》れさせた。

足がつかない。アドリアンとイザベラの体格差は大きく、挿入したままアドリアンが立ちあがるとイザベラの体は完全に宙に浮いてしまう。

支えられているから落ちはしないが、それだけに、結合部にすべての体重がかかり、より深くまでアドリアンを咥《くわ》えこんでしまった。

「あ、あぁぁ、はあぁ……っ」

「イザベラ……ああ、どんなときも、君はかわいい……」

激しい律動がイザベラを襲う。

欲情のままに揺さぶられ、結合部が泡立つ。イザベラはつるつるしたガラス壁の表面にすがりつきながら、アドリアンの律動を受け入れた。

気持ちいい、気持ちいい、気持ちいい……。

普段だってこんな深くまで入ることはないと思うのに、それより奥深く、子宮の入り口にめり込むほど突かれて、頭がおかしくなりそうだ。

アドリアンの手がふいにイザベラの腹を撫でる。

そこを軽く押されると、その中にある子宮と、アドリアンの屹立《きつりつ》を感じてしまって、だめだった。いいや、ますます駄目になってしまう、と言えばいいのか。

「はああ、ん、ぁあ……ッ」

「イザベラ、わかる？　ここまで、私のが入ってる」

「わかります……っ、わかる……からぁ……」

耳を甘噛みされながら囁かれると、子宮がきゅんと収縮して、膣ひだが甘えるようにアドリ

アンの屹立を抱きしめるのを感じる。

もうこれ以上気持ちいいのはいらない、そう思うのに、アドリアンの声を聞いて、アドリアンのささやきを聞いて、アドリアンに触れられて――アドリアンに愛されているという事実を確認するだけで、もっともっととねだってしまうのを止められない。

「アドリアン、さま、すき、好きです……」

「私も。イザベラ、君を愛してる」

「アドリアン、さま……、キス、したい」

イザベラはいつからこんなにわがままになってしまったのだろう。

愛されている。だから同じ以上に返したい。

ガラスにこすれた乳首は赤く、茱萸の実のように染まり、押しつぶされてやわらかな白い乳房の中に埋没している。きゅうきゅうと胸から伝わる鈍い感覚がたまらない。

「イザベラ……ッ」

……でも、この体勢ではキスができない。

アドリアンを抱きしめたい。そう思って「キスしたい」と繰り返した。

アドリアンの額に浮いた汗が彼の顎を伝う。

「イザベラ、まったく君は……っ」

「きゃぁあ……っ」

アドリアンがイザベラの腰と手に手をやる。そのまま反転させられ、イザベラは思わず悲鳴のような嬌声を上げた。

アドリアンのたくましい怒張が、反転した拍子にイザベラの中をぐるりと掻きむしる。

イザベラは弱点をすべてめちゃくちゃにされて、背筋を震わせ、アドリアンに抱き着いた。

頭がおかしくなりそうな快楽を逃そうと、必死に目の前の体にしがみつく。

イザベラをそうしているのはアドリアンだというのに、息も絶え絶えなイザベラはそれには気付けなかった。

「イザベラ……」

「んん……ぅ」

何度目かの口づけを受けて、イザベラは鼻から甘く息をこぼす。

舌同士が絡められ、くちくちと口の中で掻き混ざる唾液すら甘く感じた。

その間にもずうっと腰同士は激しくぶつかり合っていて、イザベラはもはやキスをしているのか喘いでいるのかわからなくなった。

ガラスに映るイザベラはドレスもはだけられて胸も露出している。一方のアドリアンはスラックスを少し寛げただけで、ほとんど着衣に乱れがない。

それなのに、その差を恥ずかしいと思うことすらできない。

それは、アドリアンが服を寛げる手間すら惜しんでイザベラを求めてくれているとわかっているからだろうか。

「ん、ぁ、ん……っあ、ああ……ッ」

「イザベラ、イザベラ……ッ」

イザベラの声に甘さが増す。アドリアンの声にも余裕がなくなり、互いに限界が近いのだとわかった。

アドリアンの黄金の目に、イザベラの乱れた姿が映っている。アメジストの色をした瞳がとろりと蕩け、金の髪はほどけて汗で張り付いている。

子宮から上る快感が、背筋を駆け上がっていく。

苦しい、けれど甘重い快楽が愛し合うふたりの全身を満たす。

「――イザベラ」

あ、と思った。アドリアンが、イザベラを強く抱きしめ、その耳元へ唇を寄せる。

そうしておいて、吐息と甘くかき混ぜたような低い声が耳をくすぐって――そのはちみつよりとろりと甘い声が耳朶を打った瞬間、あ、だめだこれ、と思った。

「……――ぁ、あああっ！」

ぎゅう、と爪の先が丸まる。それなのに脚はピンと伸びて、全身に駆け巡る貫くような快感を逃そうとしていた。そんなことをしたってこの快楽には、愛には耐えきれない。

溺れる、と思った。息ができないほど強い快楽に――アドリアンの愛に、溺れてしまう。

ぷし、と股の間から透明なさらさらとした蜜が飛び散り、アドリアンのシャツを汚す。

と同時にイザベラの中を熱い飛沫《しぶき》が濡らした。

イザベラの腕がぎゅうっとアドリアンを抱きしめ、そしてアドリアンの手が優しくイザベラの髪を梳《す》いている。全部吐き出しきった怒張が名残惜し気にイザベラの中から引き抜かれると、それだけで体が震えてしまう。

「イザベラ、素晴らしかったです」

「アドリアン、さま」

アドリアンの目が優しく弧を描くのを見やって、イザベラはぼんやりと目を潤ませた。

全身を気怠い脱力感が包み込む。薔薇の花弁が一枚、はらりと落ちるのが見えた。

あの雪だるまは、きっと冬の間中庭に飾られたままなのだろう。それが、アドリアンの執着めいた愛情を表しているようで、けれどそれが心地よい。

——私、本当に、本当に、アドリアンを愛してる。

何度も思ったことを、今一度繰り返す。

だって、イザベラは、もう数えきれないほど、アドリアンに恋をし直しているのだから。

第七章

雪が解ければ春になる。

春、それは社交シーズンの始まりの季節だ。ウェストリンギア公爵領の領民たちにしばしの別れを告げ、イザベラ達は王都に戻った。

意外だったのは、冬前——イザベラが引きこもる少し前に交流のあったマーシィやダニー達をはじめとする、港街ロットの人々が、イザベラの帰還を惜しんで屋敷まで見送りに来てくれたことだ。

なんでも、あの日突然豹変したイザベラの様子がおかしいと、彼らはずっと案じてくれていたのだという。

アドリアンの言った「あの光景を見ていた街の人々がイザベラを心配している」というのは、本当のことだったのだ。

イザベラはそれを聞いて、ほっとすると同時に申し訳ない気持ちになった。

小説の強制力は、イザベラには抑えられない。

そのせいで彼らに迷惑をかけているのが心苦しい——けれど、イザベラが悪人でないと信じてくれる人が、少なからずいる、ということが、心から嬉しかった。

領地から王都までは馬車で一日かかる。アドリアンはたまに王都に帰っていたようだが、イザベラが王都に来るのは久しぶりだ。と言っても、悪い噂もあり、かつて婚約破棄までされたイザベラに、個人的に親しくしている友人はいない。

それを寂しく思うことはない。悲しいながら、友人がいないことに慣れ切ってしまったのだ。

しかし、家同士のつながりで、そこそこ仲良くしている相手は増えた。アドリアンがもともと親しくしていた人々は、スキャンダルを知りつつも、アドリアンの言い分を聞いてか、静観することに決めた人が多い。

そんな中で招待を受けたのは、アドリアンの旧知だというスピネル王国王太子の誕生日を祝うパーティーだった。アドリアンと同い年の王太子は今年二十三歳になる。『溺れるような愛を君に』では脇役だった彼だが、その気性の穏やかさと、公務にまじめに取り組む様子から、次期王として国民に信頼されている王太子である。もっとも、現国王が健勝であるため、王位を継ぐのはずいぶん先だとも言われているが。

「イザベラ、無理に社交をする必要はないんですよ？」

「大丈夫です。最近は『もう一つの人格』も出てきていませんし」

イザベラは強制力が働いているときの自分をそう表現した。王家主催のパーティーを欠席するわけにはいかないので、気合いを入れたのだ。

　アドリアンが「そうですか」と呟く。

「私は、こんなに愛らしいイザベラを誰かに見せることを好まないのですが……。横恋慕なんてされたら、その人間の目をひとりひとり、潰していかねばなりません」

「アドリアン様、冗談に聞こえない冗談はおやめくださいませ」

「冗談ではないのですが」

　アドリアンが不満そうに目を細める。アドリアンの深い愛情は知っているが、まさかそんな風に他者を害するわけはない。イザベラは「これは私の緊張をほぐすための冗談なんだわ」と頷いて、アドリアンの腕をそっと取った。

　アドリアンがほほえましげに目を細める。機嫌は直ったようだった。

「そろそろ順番ですね」

「ええ」

　イザベラの今夜のドレスは、東大陸から取り寄せた絹を赤く染めた鮮やかな布地を使っていた。優美な線を描くマーメイドラインのドレスには大ぶりのフリルが縫い付けられており、そのふちに、アドリアンの瞳の色でもある金の糸で刺繍がいれられている。

　今夜の主役は誕生日を迎える王太子であるため、イザベラのドレスは比較的シンプルなものだ。しかし、宝石などでごてごてと飾り付けないその装いが、アドリアンの優美な白い軍服と相まって、イザベラの華やかな美貌を引き立てているのは一目瞭然だった。

金の髪を彩るアメジストの髪飾りがきらきらと輝く。

「ウェストリンギア公爵、アドリアン・ウェストリンギア閣下、並びに、ウェストリンギア公爵夫人、イザベラ・ウェストリンギア様のおなーりー！」

ネーム・コールマンに名前を呼ばれる。

アドリアンの名前に続いたイザベラの名前に、すでに会場内にいる招待客にどよめきが広がる。アドリアンと親しい貴族は知っていただろうが、大々的に公表はしていないので、おそらく、ふたりが結婚したのを知らない貴族たちだろう。

──あの「悪女イザベラ」が。

──求婚騒動は知っていたけれど、まさか本当に結婚しただなんて！

イザベラを悪女と言い切った声も聞こえてきて、イザベラは苦笑した。

やはり、イザベラの悪い噂に関しては消えてなどいない。

冬の間穏やかに過ごしすぎて忘れていたが、本来はこういった空気になるのが普通なのだ。

「イザベラ、大丈夫。なにがあっても、私がいます」

アドリアンが静かに言う。当たり前のことを、当たり前だというように告げるその言葉が、なによりも心強い。イザベラは美しい形の眉を勝ち気にあげて微笑んだ。

「──……ええ。その言葉だけで、私は戦えますわ」

イザベラの言葉に、アドリアンがふっと笑う。

「戦場、というわけですね。では、私も一緒に戦いましょう。なにを言われても、君が正しい。堂々としていましょう」

「……はい！」

アドリアンは、イザベラ以上にイザベラを信じてくれていた。ならばなにも怖くない。イザベラは前を向いて歩きだした。

きらびやかなホールに足を踏み入れる。ウェストリンギア公爵であるアドリアンと、そのパートナーであるイザベラは最後だったようで、すぐに王太子の挨拶が始まった。

王太子とイザベラには特段交流がなかった。年齢に差があったことも理由の一つだが、イザベラが自身の悪評判を気にしたのも大きい。

王太子の堂々とした姿に、周囲の視線が集まる。

「うむ、皆揃ったようだな。今日は私のためにありがとう。祝われるのは照れ臭いが、嬉しいものだ」

そう言って、王太子は隣に立つ王太子妃に視線を向けた。

優しい面差しの王太子に穏やかに見つめられ、王太子妃が微笑む。

そこには確かな愛情が感じられて、招待客もほう、とため息をついた。

派手な功績はないが、王太子が慕われているのはこういうところなのだろう。

「長々と話すべきではないな。私が今日ここにいられるのはみなのおかげだ。今宵《こよい》は心行くまで楽しんでほしい」

王太子が手を鳴らすと、この国でダンスの一曲目によく使われるワルツが流れて来た。

「イザベラ、踊ってくださいますか？」

「……喜んで」

アドリアンが屈《かが》んで、イザベラにダンスを申し込む。イザベラがさし出された手を取ると、アドリアンはイザベラの腰を抱き、くるりとターンしてホールの中央に進み出た。

「あ、アドリアン様、中央は……」

「どうして？　君は、堂々としていいんです。そうする権利も義務もあります。君は、なにも悪いことなどしていないのですから」

断言するアドリアンに、イザベラはなにも言えなかった。アドリアの言葉も声も自信に満ち溢れていて、本当にそうなのかも知れない、と思わせる説得力がある。アドリアンがイザベラの手を取り優雅に回る。イザベラの深紅のドレスに施された金糸の刺繍が、シャンデリアの灯りに照らされてきらきらと輝いた。

結い上げられたイザベラの金髪を、アメジストの花が彩って照り映える。

「美しい……まるで女神と女神を守る騎士のようだ」

「ウェストリンギア公爵はダンスの名手と聞いていたけれど、公爵夫人も素晴らしい腕前ね」

ホールのいたるところから、イザベラとアドリアンを褒め称える声が聞こえてくる。

こんなことは初めてで、イザベラは思わず戸惑ってしまった。

そういえば、イザベラは人前で踊ったことはほとんどなかったのだ。

夜会への参加で元婚約者のフリッツと踊るのは最低限で、フリッツからイザベラをダンスに誘ってくれることはないに等しかった。

そもそも彼に、愛するリリアをいじめるイザベラをリードする気は毛頭なかったのだろう。

それはたしかに、気持ち的には当然のことだと思っていた。

けれど、今、アドリアンのリードは巧みで、イザベラに対する思いやりがあった。

力任せに振り回すことはなく、イザベラが踊りやすいように導いてくれる。

ダンスが楽しい、と思ったのは初めてかもしれなかった。

「イザベラ、なにを考えていますか？」

「……あなたのことを」

「そう。……誰かと比べました？」

アドリアンが目をゆるりと細め、嫉妬めいた疑問をなげかけてくる。

それがなんだか可愛らしくて、イザベラは思わず噴き出した。

「イザベラ？」

「ごめんなさい、ただ、あなたがなんだか可愛らしいと思って」

アドリアンと繋いだ手があたたかい。

いつも、イザベラはパーティーでつらい気持ちだけを抱いていた。

いつだってイザベラが立っているのは針の筵《むしろ》の上で、それなのに、パーティーは破滅回避のために行かねばならないものだった。

それが、今、このワルツはこんなにも心躍るものになっている。

「……だから、あなたとこうして踊れたこと、本当に幸せだと思ったの」

「そうですか……いいでしょう。誰と比べていたかについては、ごまかされてさしあげます」

アドリアンが嬉《うれ》し気《げ》に目を細めてイザベラを見つめる。愛おしそうに微笑んで、イザベラの腰を抱く手に力を込めた。

「――私も、イザベラとこうして踊れて幸せです。君が私の腕の中に降りてきてくださったことを、奇跡だと思っています」

「大げさだわ」

「大げさではありません」

アドリアンのリードに会わせて大きくターンする。

くるりと回る視界で、アドリアンだけがくっきりと見えた。

イザベラがにっこりと微笑めば、アドリアンは言葉を続けた。

「私は君の無実を証明したいのです」

「え……」

アドリアンの言葉に、イザベラは目を瞬き、戸惑った。まさかそんなことを言われるとは思わなかったのだ。

イザベラの罪は、その現場も含めて沢山の人が目撃している。それを無実だということは難しいのではないか。

わかりやすく困惑するイザベラに、アドリアンはまっすぐ視線を合わせた。

「すぐには無理でも、いずれ必ず、イザベラの無実を証明してみせます。だから、信じて待っていていただけませんか」

イザベラは、向けられたアドリアンの黄金の瞳をじっと見つめた。

その目には戸惑ったイザベラが映っている。

無理だ、と思った。

イザベラだってこの強制力をどうしようもできなかったのに、転生者本人ではないアドリアンが、リリアへのいじめはイザベラのせいではない、イザベラの意思でやったことではない、と証明できるとは思えない。

イザベラはアドリアンの目に揺れる自分から目を背けるように瞼を閉じた。

無理だ、と諦める自分が、自分の中にいる。

いままでだって、弁明しようとして叶わなかった、と顔を覆う自分がいる。

挫折を繰り返し、それが不可能なのだと理解している自分がいる。

……けれど。

イザベラは目を開けた。アドリアンの目に映る自分は、もう、頼りなく眉尻を下げてはいなかった。

いくつも、絶望して全部を放り出してしまいたくなる理由はあった。

でも、今のイザベラには、それらすべてを跳ねのけるまばゆい光のような、たったひとつがあったのだ。

アドリアンの目はゆらゆら揺れていた。強い意志の光が宿っているのに、水面のように見える黄金の瞳は、まるで、イザベラの返事を怖がっているようにに見える。

イザベラは静かに首肯した。

「信じます。だって、あなたは私を信じてくれたんですもの」

一度、この人はイザベラを救ってくれた。無理だと言い募る自分は今も消えない。

それでも、その不安以上に、アドリアンなら本当にできそうな気がする、と思えるから不思議だった。

「──ありがとう、イザベラ」

アドリアンが目を細め、息を深く吐いて、安堵したようにイザベラの手を握りなおした。

ワルツが終わり、次の曲へと移り変わる。

アドリアンとイザベラはダンスの輪から外れた。

「セイドリック……王太子殿下と、王太子妃殿下に挨拶に行きましょう。さすがに、まったく行くそぶりもなければ、彼はあとでうるさいですから。本当は、イザベラを既婚者とはいえほかの男に紹介したくはないのですが」

「アドリアン様は、王太子殿下と親しいんですね」

気安い言葉は親しさの証だろう。イザベラが目を瞬くと、アドリアンはああ、と返す。

「パブリックスクール時代の学友なんです。彼は存外、外に出たがりでしてね」

「まあ。でも親しくされていたなら、アドリアン様も活発な少年だったのですか?」

「どちらかと言えば、内向的でしたね」

「そうなんですか?」

「ええ」

原作では、アドリアンはフリッツの親友だった。やはり、原作とはアドリアンの過去の性格も違うらしい。なにもかも、変わってきているのかもしれない。

それに、アドリアンの先ほどの言葉……。イザベラはアドリアンを見上げた。

彼は強制力の存在に気付いているのかもしれない。

けれど、それを知っても、不思議ともう怖くはなかった。アドリアンが「信じて」と言ったからかもしれない。

全身全霊でイザベラを信じてくれたアドリアン。その想いに、今度はイザベラが応えたかった。

王太子夫妻が待つ広間の奥に向かう。王太子セイドリックと、王太子妃エメラルダは、アドリアンとともに一礼したイザベラを喜びの表情とともに迎えてくれた。

こうして王太子と王太子妃に挨拶するのは初めてではないが、婚約者にエスコートされないイザベラはいつも両親と一緒だった。だからか、緊張で体が強張《こわば》っていたのだろう。

アドリアンが優しく背を撫でてくれる。だからイザベラはほっと息をついて背筋を伸ばすことができた。

「王太子殿下、王太子妃殿下にはご機嫌麗しく。この度はご健勝でお誕生日を迎えられたこと、心より嬉しく思います」

「王太子殿下、王太子妃殿下。この度は、王太子殿下のお誕生日、おめでとうございます」

アドリアンに続いてイザベラが祝いの挨拶を終えると、王太子セイドリックは晴れやかな表情で笑ってみせた。

「お祝いをありがとう、アドリアン、イザベラ夫人。もう祝われるような歳でもないのだが……でも、とても嬉しいよ」

「殿下はいくつになっても嬉しいとおっしゃっていますよね」

「堅苦しいじゃないか。アドリアン、我々は親友だろう？　今日は式典じゃない。公式行事ではあるが、ただの私主催の夜会に過ぎない。今は昔のように話してくれ」

「は。……では、失礼して。……セイドリック、私のイザベラを見るな、減る」

「えっ」

「はは、遠慮がなくなったな。それでこそアドリアンだ」

急にフランクな言葉遣いになったアドリアンに、イザベラは目を瞬く。

王太子セイドリックは気にしていない様子だから、これが普段の彼らの距離感なのだろうか。

「だが、嫉妬深い男は嫌われるぞ。鷹揚《おうよう》でいなければ小鳥は飛べない」

「私の小鳥はどこかに飛んでいったりはしませんよ」

「すごい自信だな」

ぽんぽんと交わされる気安い言葉の応酬にイザベラはますます驚いた。原作のアドリアンとフリッツとはまた違う関係に、貴族の関係ってこういうものだったかしらと思った。――と、隣から、澄んだ声が挟まれた。

「とっても仲良しでしょう？　殿下、公爵が仕事で来たときなんかは、公爵とあなたの話をしているの。だから殿下はきっと、その話に出て来たあなたに会えてうれしいのね」

イザベラに声をかけて来たのは、柔らかに波打つ金髪を優雅なシニヨンに結い上げた、少女めいた美貌の女性――エメラルダ王太子妃だった。

「お、王太子妃殿下！」

イザベラは驚いて声をあげた。

まさかこんなに気さくに話しかけられるとは思っていなかったのだ。

王太子妃は隣国の王妹だ。

イザベラより十ほど年上の彼女はしかし、イザベラより年下に見えるほど若い、というより幼い容姿をしている。

数年前に嫁いできたエメラルダ王太子妃ではあるが、彼女はとても王太子との間に三人もの子供がいるようには見えなかった。

「殿下、だなんて。気さくに名前で呼んでちょうだいな。公爵と殿下は従兄弟同士だもの。つまり、私とイザベラだって親戚になるはずだわ」

エメラルダ王太子妃の緑の目がきらきらと輝いている。

その親しさに、イザベラは思わず緊張して口ごもってしまった。

「噂のことなら、わたくしは気にしないわ。公爵の言い分を信じることにしたの。殿下は公爵を……ひいてはあなたを信用する、と決められた。なにせ、あのカタブツ一途な公爵の選んだ人ですもの」

噂を気にしない、と言われて、イザベラは面食らってしまう。

ぱちん、と片目を瞑《つぶ》るエメラルダ王太子妃は、そんなイザベラの顔を覗き込む。

「綺麗な肌。私ももう少し若ければね……。それに、正直な目をしてるわ。動揺も隠せないあなたが、理由もなく噂通りのことをするとは思えない」

「え……、あ……。お、王太子妃殿下の方がずっと美しいです！」

「ウフフ、ありがとう！　でも駄目よ。エメラルダ、と呼んで？　わたくしたち、親戚なのですから」

エメラルダの屈託のない笑顔がまぶしい。そして、圧力がすごい。

しばし見つめあっていたが、おしまけて、イザベラはおずおずと、小さく「エメラルダ様」と口にした。エメラルダの表情が見る間に大輪の薔薇のようにほころぶ。

「か……かわいいっ！　殿下、この子、かわいいわ！　とっても素直よ！」

「お、たしかにアドリアンが言っていた通りだな。初々しい。だが、エメラルダ、私にあまり夫人を褒めさせないでくれ。アドリアンの悋気《りんき》を受けるのは私だからね」

「ムゥ。公爵、イザベラを独占したい気持ちはわかるけれど、そんな風にすぐにやきもちを焼かないでちょうだい」

「イザベラは私の妻ですから」

横からしれっと答えるアドリアンがイザベラを抱き寄せる。

それを見て、セイドリック王太子ははは、と声をたてて笑った。

「相変わらず、夫人にベタ惚《ぼ》れなんだなあ、アドリアン」

「当然だろう。こんなに愛らしく優しいイザベラを、愛しく思わない男なんていない」

「はいはい、お熱いことで」

セイドリック王太子はイザベラに笑いかけて言った。

穏やかな榛色《はしばみ》の目が細くなる。

「アドリアンはある時から、あなたのことばかり話すようになったんだよ。イザベラ夫人。親友が道ならぬ恋に進んでしまうことがかわいそうだったからね。本当に報われてよかった」

フリッツという婚約者がいたことを言っているのだわ、とイザベラはすぐに理解した。

セイドリック王太子がアドリアンを案じていたのは本当らしい。

イザベラはにっこりと笑う。

「私も、心からアドリアン様をお慕いしております。アドリアン様とこうして過ごすことができてとても嬉しいですわ」

「フフ、そうか、安心したよ。アドリアンの片想《かたおも》いだと思っていたんだ」

「セイドリック」

「ああ、すまない。これは夫人に対して失礼な言葉だったな。……だからアドリアン、そんな人を殺しそうな目で私を見るな！」

その言葉に、イザベラがアドリアンに視線を戻すと、アドリアンはいつもの穏やかな表情を浮かべていた。

しかし、なんだかその目が笑っていない気がする。

——まさか、王太子殿下を睨みつけたの？

いくら親しいとはいえ、それは不敬が過ぎる。イザベラが口元に手を当てて、「アドリアン様、それは……」と小さくこぼす。どうフォローしようか考えたとき、エメラルダ王太子妃の明るい声が聞こえた。

「もう、殿下。イザベラを見てばかりいるから公爵にそんな目で見られるのだわ。あなたのためにに着飾ったわたくしのことも見てくださいな！」

「ああ、ごめんよ、エメラルダ」

さすが王太子妃だ。場の空気ががらりと変わった——というより、アドリアンから発せれる冷たい空気が霧散した。

エメラルダ王太子妃がイザベラに向きなおり、イザベラの手を握る。

「わたくし、イザベラとは親戚だけれど、お友達にもなりたいわ」

エメラルダ王太子妃の言葉に、イザベラは目を瞬く。

友人——強制力に操られはじめてから、縁のなくなった言葉だ。

しどろもどろになるイザベラを、エメラルダ王太子妃が不思議そうに見つめる。

「どうしたの？　イザベラ」

「いえ……お友達、というものには、縁遠くて……なんだか緊張してしまって」

「あら、そうなの？　噂のことなら気にしないって言ったわよ」

イザベラが顔を上げると、エメラルダ王太子妃が嬉しそうに笑っているのが見える。

「気にしないでいいの。わたくしたち、今からお友達よ。ね、いいでしょう?」

エメラルダ王太子妃の勢いに、イザベラは飲まれるように頷いた。

嬉しいことだが、うまく咀嚼しきれなくて戸惑ってしまう。

「かわいい……！　ね、殿下、やっぱりイザベラを連れて帰ってよろしい?」

「え!?」

「だめだよ、エメラルダ。それこそ私がアドリアンに殺されてしまう」

「……ウーン。それはよくない、よくないわね……」

エメラルダがムム、と唇を尖らせる。

——と、そこでイザベラ達の背後からやってきた従僕らしき使用人が、セイドリック王太子に「殿下、そろそろ……」と視線を促した。それにつられてイザベラが視線の方向を辿ると、イザベラ達の後ろには、イザベラ達の会話に耳をそばだてている人々が、あいさつの順番待ちを装って集まっているのが見えた。

イザベラがそちらを向くと扇で顔を隠したり視線を逸らすので、実に態度がわかりやすい。

「ああ、たしかにそろそろ、アドリアンとイザベラ夫人を解放しないといけないね。それでは、アドリアン、イザベラ夫人、今日はありがとう」

「またお話しましょうね！」

アドリアンとイザベラが一礼してその場を離れる。

王太子夫妻は、その後も挨拶を受けるのに忙しそうだ。

イザベラは、先ほどまでの楽しかった会話に胸を押さえる。

おちついて挨拶ができたのは、隣にアドリアンがいたからだろうか。

——アドリアン様が、こんなにも私の心を支えてくださるなんて。

イザベラは目を細める。勇気が湧いてくるようだった。——けれど、その時だった。

イザベラの視界に、あの色薄い茶髪が映り込んだのは。

「……ッ、リリア……」

ひゅ、と喉がなる。息が詰まる。

上手《うま》く呼吸ができなくて、イザベラの手の先はみるみるうちに冷たくなった。

咄嗟に顔を背けようとして、できなかった。

イザベラの視線はリリアがこちらを振り返ったその瞬間までリリアにくぎ付けになる。

視線があって、リリアのその薄青い目が細まる。その時、そっと、アドリアンに目をふさがれた。

「あ……」

「イザベラ、他の誰かなんて見ないで、私だけを見て」

アドリアンの手に頤をそっと支えられ、導かれるようにしてアドリアンの顔を振り仰ぐ。すると、黄金の目がイザベラを映してゆるりと弧を描くのが見えた。

「――いい子だ」

「アドリアン、さま」

イザベラの声が震えたが、呼吸は徐々に穏やかになってくる。

辺りを見回したが、リリアの姿はなかった。見間違いだったのかもしれない。

は、は、と息をして、イザベラはアドリアンの手に自分の手を添えた。

「ありがとうございます。私、取り乱して……」

「大丈夫ですよ」

アドリアンがイザベラの背を優しくなでる。そんな中、ふいに、声を書けてきたのは聞きなれない声だった。

「おお、ウェストリンギア公爵閣下、ご機嫌麗しゅう」

「……」

アドリアンが無言で振り返る。声をかけてきたのは、貴族名鑑で見たことのあるコリアス伯爵だった。

イザベラの開いた小規模なパーティーに呼んだことはない。

アドリアンと特別に仲がいいと言えない貴族だったからだ。

「こんばんは。コリアス伯爵。こちらは――」

「イザベラ夫人でしょう。存じております。〝有名〟ですからな」

紹介されていないのに高位の者の名を呼ぶのはマナー違反だ。

見下している、とみられてもおかしくはない。そうでなくても、イザベラをあざけるような言い方をされて、アドリアンの頬がぴくり、と動く。

完璧な笑顔は揺らがないが、イザベラにはそれでも周囲の温度が二度、三度下がったように感じられた。

コリアス伯爵は意地悪そうに目を細めてイザベラをちらと見て、なおもアドリアンに話しかけた。

――おかしいわ。前にコリアス伯爵を見たときは、こんな人ではないように思えたのに。

そもそもの関わりがないので、これほど無礼な態度をとられる理由がない。

イザベラの悪評について口にするにしても、コリアス伯爵ほどの地位にある人が、こんなに直接的にそれを口にすることはありえないだろう。

よくよく見れば、酒でも飲んでいるのかその目はどこかぼんやりとうつろに見える。

だというのに、顔色は蒼白でちぐはぐだ。イザベラが観察している間にも、コリアス伯爵は話を続ける。

「夫人はかの有名な『悪役令嬢』だと言うではないですか。罪もない子爵令嬢をあしざまに罵り、時には茶会から追い出し、虐げた、と。そのイザベラ夫人が婚約破棄されたのを憐《あわ》れんで、ウェストリンギア公爵閣下が求婚されたというのは有名な話です。なんでも、式を今も挙げていないのはお気持ちも薄いからと」

――そんなことになっているのね。

イザベラは目を伏せた。

今も澱《おり》のように心に残る絶望がじわじわとしみ出してくる。

周囲の貴族たちが「イザベラ夫人の悪評は、やはり本当のことだったのか?」「そう言えばたしかにまだ結婚式を挙げていないな……」とざわついている。

誰にも信じてもらえない、よく知ったあの絶望が蘇る。しんしんと雪のように降り積もる諦めは、肌に馴染んだものだ。

……けれど。

イザベラは顔を上げた。

――笑うのよ、私。気にしていないって、見せつけてやるの。だってアドリアン様が言ってくれたじゃない。私を信じるって。

笑顔でコリアス伯爵を見つめる。気圧《けお》されたのか、コリアス伯爵は一瞬たじろいだ。

アドリアンの目が、そんなイザベラを映して穏やかさを取り戻す。

動じないイザベラから矛先を変えるようにアドリアンを見た。

「大変ですなあ。閣下。閣下がお優しいのにつけこんで、社交もさぼりたい放題の奥方では」

「妻は療養しているだけだと伝えておいたはずですが」

「療養？　ああ、申し訳ない。しかし、体の弱い奥方では跡取りも……」

「――コリアス伯爵」

静かにコリアス伯爵の名を呼んだアドリアンの声が、氷のように冷徹な色を帯びて広間に響く。

怒っている、と思った。アドリアンは、イザベラのことを侮辱されて怒っている……。

「アドリアン様」

イザベラはアドリアンを呼んだ。こんな形でアドリアンまでが周囲の悪意を受ける必要はない。イザベラの声を聞いて、アドリアンがイザベラの顔を見下ろした。

そうして、ふっと微笑んで、アドリアンがイザベラの手を握る。

「コリアス伯爵」

「な、なんですかな」

アドリアンの放つ威圧感に狼狽えているコリアス伯爵が後ずさる。

そんなコリアス伯爵に、アドリアンは実に艶やかに笑って見せた。

「私の妻は、私の人生の喜びです。妻と出会って、私は他者を愛するということを知りました。妻は社交をすべく努力をしていたんですが、私が引き止めました」

「そ、それはどうして」

「……私が、他の男に妻を見せたくないからです」

嫉妬深い男なのですよ。と言って、アドリアンはイザベラの腰を抱き寄せた。

ふわり、とアドリアンの体温が沁みる。

「それこそ、本当は妻を閉じ込めてしまいたいくらいなので」

アドリアンの目が、氷のような温度でコリアス伯爵を、そして周囲にざわざわと集まっていた貴族らに向けられる。

アドリアンに視線を向けられた彼らは一斉に視線を逸らす。

「式を挙げていないのも、そうです。いずれは挙げるつもりですが……。もう少し、もう少し、彼女にふさわしいものを、と思って準備していると、規模ばかりが大きくなってしまって」

この場の支配者は、完全にアドリアンだった。圧倒的に不利になったコリアス伯爵は口をぱくぱくと開閉して荒い息をしている。これは明らかに異常だ。悪意を向けられていたのも忘れ、イザベラは思わず口を開いた。

「コリアス伯爵……大丈夫ですか?」

「……は?」

「イザベラ?」

「顔色が、ずっと悪いですわ。夫と話し始めたときからずっと。お酒を召し上がりすぎたのかもしれません。普通の体調ではないのでしょう? 誰か、コリアス伯爵を介抱してさしあげてください」

イザベラは周囲に視線をやって呼びかけた。

コリアス伯爵はもはや顔面蒼白で、冷や汗までかいている。

目にはうっすら涙がにじんでいて、それなのに高圧的な態度をとる理由がわからない。

「そ、そんなこと……は……」

コリアス伯爵の手が震える。ふっと糸が切れたようになって、コリアス伯爵はうなだれた。

ぜえぜえと息をしている様子は、どう見ても正常ではない。

イザベラの呼びかけに、コリアス伯爵の妻を名乗る女性が進み出て来た。

コリアス伯爵が妻の名を呼ぶ声はひどく小さく、かすれていた。

「申し訳ございません。ウェストリンギア公爵閣下、夫人、夫は先ほど急にどこかへ行ってしまって……恐れ多くも閣下と夫人に失礼なことを……」

コリアス伯爵夫人は、目に涙をためてイザベラを見つめている。

「本当に、申し訳ございません……」

震えながら頭を下げたコリアス伯爵夫人に、それ以上の謝罪を求める気はない。彼女の夫を心配するまなざしは本物だった。

おそらく、騒動の渦中に割って入ることができなかったのだろう。

「今回のこと、私は気にしませんわ。見れば、伯爵は体調不良のご様子です。別室で休まれてはどうでしょう。お大事になさって。……アドリアン様も、それでよろしい？」

「イザベラが、それでいいなら」

「……ありがとうございます。閣下、夫人。申し訳ございませんでした。ほら、あなた、行きましょう」

「アア……」

コリアス伯爵と夫人が広間を出ていく。アドリアンの目がその後ろ姿を見つめ、なにかを考えこんでいる。

と、そこでイザベラは自分がびっしょりと汗をかいていることに気付いた。緊張していたのだろう。

隣では城の使用人がアドリアンのもとに駆け寄って来て何事か話している。アドリアンがそれに真剣な顔で受け答えしているところからして、アドリアンに緊急の用事があったのかもしれない。

それを見て、イザベラはちょうどいいタイミングだわ、とアドリアンに声をかけた。

「アドリアン様、すみません、火照《ほて》ってしまったので、少し風にあたってきます」

「大丈夫ですか？　私もついて……」

「少しの距離ですし、大丈夫です。心配性ですわね」

ふふ、と笑うイザベラに、アドリアンもつられたように微笑む。

額にちゅ、と口付けられ、「人前です！」と恥ずかしく頬を染めた。それでも尚心配そうなアドリアンに見守られながらイザベラは歩き出す。

二人の様子を見ていた貴族たちから不思議そうな声がする。

「イザベラ夫人はあの暴言を許したのか……？」

「私なら法にのっとって訴えていたぞ」

「あの噂と、今の夫人と、どちらが真実なのかしら」

そんな言葉を背に受けて、イザベラは広間を後にした。バルコニーまでは一本道なので迷うことはない。

そうして、バルコニーに出て一息つき、いざ広間に戻ろうとした時、きいんとした耳鳴りを伴っためまいが、イザベラの頭を揺らした。

「あ……っ」

イザベラはその場にふらりとよろめく。

（これは、強制力？　でも、今ここにリリアはいないのに……）

イザベラの体が傾ぐ。指先が震える。すぐに、イザベラの体はイザベラのものではなくなった。人目を避けて広間とは違う方向に歩き出す。

（ここに、リリアがいるということ？　さっきのは、見間違いではなかった？　でも、この先になにがあるというの？）

イザベラの体は勝手にずんずんと進んでいく。知らない廊下を曲がり、渡り廊下を通り、複雑な道を迷わず、その先へ。

そうしてたどり着いたのは堅牢《けんろう》な扉。不気味なほど静かなそこは、衛兵すらいなかった。

宝物庫だ、とイザベラは理解した。

王家の宝物をしまう場所。

国宝やそれに比類するものが安置されるその部屋は、小説の中に少しだけ記述があった。

けれど、悪役令嬢イザベラが国宝を盗むなんていう描写は小説『溺れるような愛を君に』のどこにもありはしない。

国宝に手をかければ、さすがにアドリアンだってイザベラを庇いきれないだろう。

きい、とイザベラの手で扉が押される。どうしてこんなに簡単に開くの、どうして誰もいないの。

誰か私を止めて……。

「助けて……」

イザベラはかすれた声で、囁くように呟いた。それしか声が出なかった。

一歩、一歩、足が進む。イザベラが部屋に足を踏み入れる——抵抗できない——その時、ふわり、と、あたたかいものにイザベラの体が包み込まれた。

「——助けます、イザベラ。どんなときだって、私が君を守ります」

その——声が耳朶を打つとともに。イザベラの体からは力が抜けた。

くらりと傾いでたたらを踏むイザベラの体を支えるアドリアンがイザベラを近くの部屋へ誘導する。

上品な設えからして、おそらく王族やそれに近しい人間の使う部屋だろう。

「ここは使っても大丈夫です」と部屋の鍵を閉めるアドリアンに、イザベラはようやく声の出せるようになった口でそろそろと尋ねた。

「アドリアン様、どうして、あそこに……?」

「やはり心配で、あの後、君のあとを追いかけたんです。……後をつけたようで申し訳ありません」

アドリアンの指先に、煙のような光がふわりと揺れる。糸のようなそれはイザベラのドレスの裾に続いていて、イザベラはアドリアンが魔法を使ったのだ、とすぐにわかった。

「魔法を使ってまで、私のことを探してくださったのですか……?」

「君のためなら、使えるものはすべて使います」

そう言って、アドリアンがイザベラの目元をそっと指先で拭う。

イザベラは、そこでようやく、自分が泣いていたことに気付いた。

けれど、居場所のわかる魔法を使ったのなら、イザベラが迷いなく宝物庫へやってきたのも、中に入ってなにをしようとしたのかもわかったはずだ。

狼狽えて普通に話してしまったこともある。この状況で、今さら二重人格の振りをするのも無理だ。

イザベラはうつむいた。薄暗い照明のせいか、ドレスを彩る金糸の刺繍が陰って見える。

「……私を、手癖の悪い女だと思われたでしょうね。大切にされておきながら、罪を犯す女だと……」

「いいえ」

「え……？」

アドリアンは短く言い切った。イザベラが驚いて顔を上げるのに、穏やかに笑み返してくれる。

「何度も言ったはずです。私はイザベラを信じる、と。……泣きながら、こんなにも目を赤くして、助けを求める君のもとに駆け付けない私など、私ではありません」

「アドリアン、さま」

イザベラは、涙に濡れた目をゆっくりと瞬いた。盛り上がった雫がぽろりと落ちて顎を伝う。

——この人になら、アドリアンになら、前世の話をしても大丈夫かもしれない。アドリアンなら、イザベラの突飛な話を信じてくれるかもしれない。

……いいや、信じてくれる。アドリアンなら。

「……アドリアン様にはお話します。荒唐無稽な話と思われるかもしれませんが……私には、前世の記憶があるんです」

イザベラは胸元の手をぎゅっと握りしめて言った。転生という、この世界にない概念の話をするのは怖い。

でも、アドリアンなら――アドリアンなら、信じてくれる、と信じていた。

「前世で、私はここではない世界、日本と言う国の住人でした。その日本で発行されていた本に、この世界のことが書いてあったんです」

イザベラは話した。この世界を知っていたこと、その本には、イザベラの辿る結末が記されており、破滅を回避するために努力をしたが「強制力」には抗えなかったこと、そして、イザベラはその強制力のために、悪事を働き、断罪される運命だったということを。

アドリアンは、その話を静かに聞いていた。

言い終えたイザベラを見つめ、頷く。

「わかりました。あなたがずっと気に病んでいたのは、そのことだったんですね」

「信じて、くださるのですか？」

「何度も言ったでしょう？　君の言葉を疑い、否定することなどありえません」

アドリアンはあっけないほど軽く、イザベラの言葉を信じてくれた。

イザベラの、額に張り付いた髪をそっと撫ぜるアドリアンの手に、イザベラは知らず緊張していたのだと悟った。アドリアンが続ける。

「ただ、ひとつだけ気になったことがあります」

びくり、とイザベラの肩が跳ねた。気になったこと？

「イザベラは、前世があったから私の手を取って、愛してくださっているのですか？」

それは、今日一番真剣な言葉だった。

そんなことが気になるのか、と驚いたイザベラは、すぐに首を横に振った。だって、ちゃんと愛している。

「え……？　い、いいえ、そんなこと！」

「それなら、いいのです」

アドリアンがほっとしたように胸に手をやる。そして、不思議そうに首を傾げた。

「それにしても、その世界の私はどうしてリリア・ブルーベルなどを選んだのでしょう」

「それは……本来の世界では、リリア嬢を不当に虐げた私がいたからだと思います」

「ふむ」

アドリアンが考え込むように顎に手をやる。

「ブルーベル嬢を私……イザベラのいじめから助けたアドリアン様に、ブルーベル嬢が恋をするのです。それに、婚約者がいるにも関わらず、アドリアン様に執着したイザベラが嫉妬して……。イザベラがスパイスとなって、アドリアン様もリリアに恋をするのですわ」

「それは、不幸な人ですね、イザベラを愛する喜びを知らないなんて。少なくとも、私とは生き方の指標が違う」

「生き方の、指標？」

思わず繰り返したイザベラに、アドリアンが目を細めた。

「ええ、私の人生はイザベラのおかげで定まったようなものですから。……それにしても」

アドリアンは少し考えこんだ様子で、ややあって、口を開く。

「イザベラが断罪されるのは、違法魔道具の所持と使用によるものでしたか。それはどのようなものでしたか？」

「ペンダント型の魔道具です。本には、人を操る力がある、と書かれていました」

「そうなのですね……。それで、すべてが腑《ふ》に落ちました」

「……？　どういうことですか？」

「イザベラ、私が何度も君に言った、『イザベラは悪くない』と言う言葉には、きちんと根拠があるのです。なぜなら君は、小説の強制力などという大きな力ではない、この世界を生きる誰かに操られていただけなのだから」

急に魔道具の話をされ、操られていた、などと言われて、イザベラは当惑した。けれど、操られていた、というのなら、その感覚には覚えがある。

「十年ほど前、ロットの街で摘発された違法魔道具に、人を操る力を持つものがあります。それはペンダントの形をしていました」

「……でも、それで決めつけるのは早計では？　その魔道具だと決まったわけではないのでしょう？」

「ええ、ですが、限りなく確信に近い推察です。普通、摘発された違法魔道具はきちんと魔力を封じて破壊……焼却処理するのですが、このペンダントだけ、焼却された記録がありませんでしたから」

　アドリアンは、調べていたのだろうか。イザベラのために、イザベラが無実の証拠を集めていたと、アドリアンの言葉からは感じられる。

「当時ロットの街で働いていた管理官が、書類の改ざんを認めました。そのペンダントは、地方へ向かう貨物の中に紛《まぎ》れてしまったのです。そのペンダントが行きついた先は、ブルーベル子爵家。つまり」

「そのペンダントがリリア・ブルーベル嬢の手に渡り、それを使って彼女が私を操っていた、と……？　リリアは私にいじめられていた被害者ですよ？　どうしてそのようなことをする必要があるのですか？　その理屈は、私にとって、あまりに都合がよすぎる考えでは……」

「ええ、まだ状況証拠しか揃っていません。リリア・ブルーベルが黒幕だと断定することは現時点では難しい。ですが、イザベラには、今度は私を信じてほしいのです」

「……アドリアン様を？」

「ええ、魔法は意志の力。使用者の意志が強ければ強いほど、その力はこの世の理を改変できる。魔道具を使われても、対抗する魔法はそれを跳ねのけるだけの力を得ます」

アドリアンの黄金色の瞳が炯々と輝き、その本気をイザベラに理解させた。

アドリアンの手が光をおびる。抱きしめられて、イザベラの体は光に包まれた。

「これは……？」

「対抗魔法です。大抵の魔道具の効果は、これでかき消せます。……ただ、そこには意志の力が必要です。私だけではなく、イザベラの意志も」

「……あなたを、信じればいいんですか？」

「ええ」

「それなら、簡単なことです」

微笑んだイザベラに、アドリアンが心から安堵したように笑みをこぼす。

――信用している。あなたを、この世界の誰より信じている。

繋いだ手はあたたかい。この手があるなら、絶対に大丈夫だと確信できた。

第八章

ホールに戻ったイザベラとアドリアンを待っていたのは、どこか冷え冷えとした招待客たちの視線と、その中央で勝ち気な表情を浮かべているリリアだった。

(アドリアン様の言った通り、ここにリリアが来ていた)

その、悪意に満ちた目がイザベラを見てにんまりと歪む。リリアが自分を操っていたのが本当のことだと、嫌でも思わされてしまう。

イザベラは、次にその隣に視線を向けた。

そこに、彼女と腕を組んでいるフリッツは、しかし、リリアから目を逸らして立っている。招待客の視線、その中に、王太子夫妻すらわき役のようにして立つリリア。そしてそんなリリアを見ないフリッツ。まるでちぐはぐなさまに、イザベラは目を瞬く。

「なにか、あったのでしょうか」

「あったのでしょう。少しですが、魔力の気配を感じます」

アドリアンの言葉に頷き、イザベラはなにも気にしていない風を装って笑い、ホールの中へと足を進める。とたんに突き刺さる冷ややかな視線は、ひとり、ふたりのものではなかった。

「待っていましたよ、イザベラ様！」

「ブルーベル嬢」

リリアがイザベラに声をかけてくる。視線が合う――と、肌がびりびりと痺れるような感覚に襲われた。

もしかすると、これが、強制力ではなく、魔道具を使われているということかもしれない。

アドリアンがそっと背中に手を添えてくれる。その手はとてもあたたかい。

どうしようもなく安心するその温度に、イザベラはほっとして、リリアを、今度は正面から見つめる。

そうしてもイザベラの体が乗っ取られることはなかった。

リリアが「あれ？」という顔をして胸元に手をやる。

一瞬、アドリアンに言われた「リリアがペンダントの力でイザベラを操っているのかもしれない」という疑念が思い返されてどきりとした。

気を取り直したようにリリアが顔を上げる。

けれど、それでも「強制力」がイザベラを操ることはなかった。

「イザベラ様、宝物庫に入っていましたよね。許可なく宝物庫に入ることは重罪です。いったいなにを盗もうとしたんですか？」

「……！」

リリアの態度は確信に満ちていた。それに疑いの声を上げる人間がいないあたり、イザベラとアドリアンの不在時にあらかじめそう言う声をあげておいたのだろう。

しかし、イザベラは宝物庫に入ってはいない。

アドリアンに直前で阻止してもらった。

宝物庫に入ろうとするだけで咎められることくらい、子供にだってわかる。

だから、宝物庫に入った、ということが事実なら、こうして断罪されることは理解できた。

ただ、リリアはどうして「イザベラが宝物庫に向かった」ことを知っているのだろう。

下級貴族であり、フリッツのエスコートなしには王宮に入ることもできないリリアは、たとえイザベラの後ろ姿を見ていたとしても、それが宝物庫に向かう道だともわからないはずだ。

一方、イザベラの驚いたような反応に、リリアを囲んでいた招待客たちがざわめく。

「まさか、本当に……？」

「たしかに公爵夫人はしばらく戻ってこなかったが、宝物庫を探していたというなら時間的にはおかしくない」

「けれど、宝物庫の場所なんて普通、知っていて？」

「わからないぞ。ウェストリンギア公爵閣下と王太子殿下は従弟だ。公爵夫人が知るすべはある」

「しかし、知っていたからと言って宝物庫に入るのは重罪だ。公爵夫人が知らないはずもない、やはりなにか盗もうとしたのか？」

「なんて手癖の悪い……」

「だが、目撃証言だけだろう」

「しかし、あの悪女だ、やりかねん」

ホール中に疑念の声が広がる。と同時に、ホール中の招待客の冷たい視線を浴びて、イザベラは一瞬息を詰める。

けれど、すぐに背に感じたアドリアンのあたたかな胸に、はっと目を瞬いた。

――大丈夫、アドリアン様がいる。信じて、と言われたのだから、信じなくちゃ。

堂々と顔を上げたイザベラを、招待客たちが驚いたように見つめる。

イザベラはやはり、無実なのでは、と言う声と、それでもあの悪女だぞ、という声がまじりあって、ざわざわと響く。

その時だった。疲れ切ったように、リリアの隣に立つフリッツが口を開いた。

「リリア、もういいじゃないか。そんな大それたことを言わなくても、この国の貴族で、宝物庫から国宝を盗むような愚か者はいない」

「いいえ、罪は償わなければ！　私はイザベラ様が宝物庫に入るのを確かに見たんです！　だいたい、イザベラ様は嘘をついてアドリアン様を騙《だま》しているんですよ！　二重人格だ……

って！　悪い人格が私をいじめたんだって！　そんな嘘をついて許されようとしていたんです！」

これに関しては言い訳のしようがない。たしかにそうだ。イザベラの二重人格は偽りで、前世のことをごまかすための方便に過ぎない。

そして、アドリアンには強制力の話をして信じてもらえたが、この場にいる全員にそれを伝えることなど不可能だ。

どうなっても悪女になる運命は避けられないのか。イザベラがぎゅっと目を閉じる。

「――いいえ、彼女が二重人格であるのは本当です」

涼やかな声が、ざわついたホールに響き渡る。ざわつきの終わりとともに、リリアが「え？」と声をこぼした。

そんな、静まり返ったホールを見て、アドリアンはふっと笑う。

「その人格は、あなたが作り上げたものですがね」

その言葉にリリアの顔が歪む。愛らしい顔は険しくなり、眉は吊り上がり、納得がいかない、という風になった表情に、イザベラは目を瞬く。

「私が作り上げた？　なんのことを言っているのですか？　それに、イザベラ様が嘘をついていたのも、宝物庫に入って行ったのも本当です！」

「では、イザベラが王宮内の宝物庫に行った、入ったとして、宝物庫の番人である衛兵はなぜそれを止めなかったのですか？　一人もいないはずがありません」

アドリアンが淡々と返す。リリアがうっと口ごもる。

「誰かが衛兵を移動させたとでもいうのか……？」

ざわざわと、貴族たちのざわめきが広がる。今、この場の支配者はアドリアンだった。

「その通りです。ではその衛兵はどこにいるのか。……彼はつい先ほど、中庭でぼんやりと立ちすくんでいたところを発見されました」

アドリアンが背後に視線を向ける。頷いて入ってきた衛兵が、おそらくアドリアンの言う宝物庫を守護していた衛兵なのだろう。

「彼が本日の宝物庫担当だということは確認しています。通常、宝物庫につく衛兵は二人いますが、今日は急な配置変更があり、手違いで彼が一人で担当していました。そんな彼の証言を聞きましょう」

アドリアンの言葉に、顔をあげた衛兵がホール内を見渡す。そうして、アドリアンの眼前にいるリリアの姿に気が付くと、ああっと声をあげた。

「あのご令嬢です！　中庭で問題が起こったと言われ……。宝物庫を離れることはできませんから、他のものが待機している場所を教えようとしたんです。しかし、私はなぜかその場を離れ、気が付いたら中庭にいて……。信じられないかもしれませんが……」

「落ち着いてください」

焦るように胸を掻きむしる衛兵に、アドリアンが穏やかな声をかける。しばし狼狽えていた衛兵は、それに少しだけ平静を取り戻し、申し訳なさげに礼をとった。

「は。申し訳ありません、取り乱しました。……宝物庫にやってきたのは、間違いなくあの茶色い髪のご令嬢です！」

「つまり、リリア・ブルーベル嬢は、宝物庫に、少なくともその前までたどり着いた、ということですね？」

「その通りです」

「だから、イザベラが宝物庫に向かったことがわかった、と。たしかに、イザベラは宝物庫付近にいました。王族に次ぐ地位を持つ者として、王太子に許可をいただいた、私と一緒にね」

「そう、そうよ！　わ、私は嘘なんてついていないわ！」

肯定されて、リリアが強気に口を開く。

「では、どうしてあなたは宝物庫に行ったんですか？　リリア・ブルーベル嬢」

「え……」

一瞬呆《ほう》けたようだったリリアの顔が、戸惑って、それから青くなる。急にしどろもどろと目を泳がせ、リリアは絞り出すように言葉を続けた。

「み、道に迷ったんです！　その時、イザベラ様の後ろ姿が見えたから、宝物庫に向かっているんだと思って」

「おや？　おかしいですね。君は衛兵のいる宝物庫に、イザベラより先に到着したはずです。それに、イザベラの後ろ姿を見たなら、どうして私を見ていないいんですか？」

「それは……」

「イザベラは宝物庫の中に入っていません。ウェストリンギア公爵である私が証言します。入った、と断言できたのはなぜですか？」

淡々とした詰問がリリアを追い詰める。リリアはフリッツの影に隠れるように、一歩後ずさった。フリッツが顔色を悪くする。

「む、向かっているだけ、だった、です」

「ではなぜウェストリンギア公爵夫人の名誉を棄損するとわかっていて、入った、という発言を？」

「か、勘違いしたのかも、です。金髪の人は他にもいますから……」

「それはまずいですね。宝物庫への許可のない人間の侵入は厳罰です。今すぐ探して捕らえなければ」

「う………」

リリアが呻《うめ》く。ぎろり、とイザベラを睨み付ける彼女のまなざしを受けると、肌がびりびりと痛む。

――と、リリアは不意に、なにかを思い出したようにはっと唇に笑みを浮かべた。

その青い目は興奮のせいか、ぎらぎらと異様に輝いていて不気味だ。

……それは、悪意だった。

イザベラは目を瞬いた。こんな発言をしても、自分には勝機があると確信している様子で、リリアは手の中に、赤い宝石のついたペンダントを握っていた。

細まった丸い目の中、黒々とした感情が渦巻いている。

肌が、今までで一番ざわついた。ばちばちと肌をしびれさせる感覚が、リリアの目を見るたびに強くなる。目が、逸らせない。

やがてその感覚が一際大きくなった時、ばちん！　と背筋を走る稲妻のような感覚に、イザベラははっと我に返った。

「あ……」

「イザベラ、大丈夫ですよ」

思わず見上げた先、アドリアンが優しくイザベラを見つめているのが見えて、イザベラはほっと息をついた。

——大丈夫、ほら、大丈夫だった。

そんなイザベラとは逆に、同じく弾かれた様子のリリアは不審げに自分の身に着けているペンダントを見ている。

「どうして……」

信じられないといった声がする。

「イザベラ様、私の目を見てください！　私、本当のことを言っています！　だから、ご自分の行動を、認めて……！」

まるで、そう言えばイザベラが罪を認める、というような物言いだ。

視線を合わせてはいけない、とイザベラが顔を背けるのに、リリアの猫のような丸い目のイメージがどこまでも追いかけてくる。

「いや……」

イザベラが喉を震わせると、リリアはますます笑みを深めた。

まるで、イザベラを追い詰めているのだ、とでもいうように。その異様さに、イザベラは一歩後ずさる。とん、と背に触れた胸はアドリアンのもので、イザベラははっとアドリアンを振り仰いだ。

「……先ほどから何度もふざけたことを。証拠でもあるのか」

アドリアンの怒気に濡れた声が響く。

と同時に、周囲の空気の温度が下がった。給仕の持つグラスの中の液体がぴしぴしと凍っていくのが見えて、イザベラは小さくアドリアンを呼んだ。

……と、その氷が融ける。

アドリアンの怒りによって、アドリアンの中の魔力が漏れ出ていたのだ。

イザベラの声によってアドリアンはそれを瞬時に抑え込んだが、あのまま続いていたら周りの人間も危なかっただろう。

イザベラは、アドリアンが人を傷つけるような人ではないと理解しているけれど、魔法とはだれもが持っている力ではない。

アドリアンが偏見にまみれた視線を向けられるのは、イザベラの望むことではなかった。見上げた先のアドリアンが、安心させるようにイザベラを見て微笑む。

急に温度を下げた空気に、貴族たちがめいめいに不思議そうな顔をしているが、リリアは全くそれに気付いていないようだった。

酔いしれるように、身振りを交えて言葉を続けるリリアは、まるで演説でもしているようだった。

「大丈夫、イザベラ様は罪を認めるわ！　だって、イザベラ様のドレスのポケットには、国宝が入っているはずですもの！　みなさん、イザベラ様の荷物をあらためてみてください！」

「――それは、パーティーの前にアッカーマン侯爵が私に渡してきた、国宝に見えるよう細工した、模造品の指輪のことを言っているのか？」

「えっ……？」

その熱のこもった言葉を打ち砕くように、静かな声がざわついたホールを抑え込んだ。

声の根源を見やると、そこには先ほどまで無反応を貫いていた王太子セイドリックが立ちあがっているのが見えた。

　その手には小さな指輪のような物がつままれており、隣に立つ王太子妃エメラルダが、リリアを見つめて厳しい顔をしている。

「フリッツ・アッカーマンが告発してきた。リリア・ブルーベル子爵令嬢、君が、ウェストリンギア公爵夫人を陥れようとして、パーティー中、国宝の指輪をウェストリンギア公爵夫人の荷物に紛れ込ませようとしている、と」

　セイドリックが摘まんだ指輪をかざして見せる。それはあまりにも精巧に作られた本物と見間違える程の美しい指輪だった。知らずにこの場で見せられただけでは国宝と思ってしまうかもしれないものだ。

　――なんだと？　それではブルーベル子爵令嬢は王族の前で虚偽の証言をしたということではないか？

　――さきほどの見間違い、というのすら嘘だったと？

　――でも、ブルーベル子爵令嬢は公爵夫人に虐げられていて……。

　――しかし、今のこの状況は……。

　貴族たちの反応は二転三転している。

　翻ってはまた変わる意見。

　彼らもどちらにつけばいいのか混乱しているようだった。

常にリリアの証言が有利に傾いていた場が初めて均衡をとった。

王太子はアドリアンのほうを見やり、頷いて続けた。

「もちろん、私はウェストリンギア公爵にすぐに知らせた。そこで知ったのだ。リリア・ブルーベル。君が持つ『他者を操る魔道具』の存在を」

「な、なにをおっしゃっているのか、よくわかりません。私は」

言葉を突きつけられて、リリアが怯んだ。イザベラは目を見開き、リリアを見つめた。

まさか、ずっとフリッツがうんざりしたような反応をしていたのは、リリアの行為を告発したからだったのだろうか。

フリッツが、リリアを裏切った……？

婚約破棄の夜、確かにフリッツはリリアを愛しているようだった。

けれど、フリッツがリリアの行動の裏にある、魔道具の存在を知ったのだとしたら。

この状況は、予想しえなかったことだがあり得ることではあった。

だって、小説の中のフリッツはけして悪人ではなかったのだから。

リリアが王太子に取りすがるように、その目をじっと見つめる。

――瞬間、ぱん、と音を立てて、王太子の身に着けているマントの装飾が割れた。

「え……」

リリアが驚いたようにペンダントを握りしめる。

……と同時に、リリアのペンダントから黒い靄《もや》があふれ出て来た。

リリアの指の隙間からどんどんあふれてくるそれは、芋虫のような形をとり、リリアのペンダントから抜け出ると、その形を今度は蛇のように細く、凶悪なものに変えた。

蛇となった靄は、ゆるり、ゆるりと鎌首をもたげると、くるりと反転して、今度はイザベラに襲い掛かった。

殺される、と、本能で理解した。あれは、イザベラを狙っている、悪意の塊なのだと、なぜかわかった。

「――きゃ……！」

「イザベラ！」

避けることも、自らを守ることもできない。

――瞬間、アドリアンがイザベラの前に手を出した。

庇うように抱き寄せられ、イザベラはアドリアンの腕の中、ぱりん、とリリアのペンダントが割れる音を聞いた。

「ギ……イ……‼」

短い、ガラスの擦れるような音がする。

けれど瞬きの間にするり、とほどけるように蛇の靄は掻《か》き消《き》えた。

あっけないそれは、断末魔のようですらあった。

あのペンダントに宿っていたものが、あの蛇なのだろうか。アドリアンの手からぱらぱらと氷の粒が落ちる。ああ、守ってくださったのだわ、と思って、イザベラは安堵の息をついた。

「アドリアン様、ありがとうございます」

「言ったでしょう。必ず守る、と」

「ええ、ええ……」

今さらになって体が震えてくる。イザベラは手を握り、開いて、自分の身が今も五体満足であることを確認した。

一方、リリアは衝撃に尻もちをついて、割れたペンダントと蛇が霧散した後の空間に交互に視線を巡らせている。

「え……？　え……？」

わけがわからない、といった様子のリリアは、自分がなにをしたのかも理解していないようだった。

魔法は意志の力である、とアドリアンは言った。

だから、あの魔道具はきっと、リリアの意志で行使され、壊れた瞬間、リリアの意志を受けてイザベラを攻撃しようとしたのだ。

自分が傷付けていたのだ、と罪悪感まで抱いていた相手であるリリアが、イザベラを害そうとしていた。それも、きっと、最初から。イザベラは息を呑んだ。

「……私は、アドリアンの助言を受けて、あらかじめ破邪の魔道具を持っていた。これが壊れたということは、破邪の魔道具が効果を発揮したということ。つまり、私に対して魔道具が使われたということだ」

セイドリック王太子の言葉に、ホール中が騒然となる。

今見た光景が信じられないといった呟きが方々から聞こえてくる。

「公爵、ブルーベル子爵令嬢のペンダントの破片を調べてくれ」

「は」

アドリアンが、イザベラを背後に庇うようにしたまま、ペンダントの破片に手をかざす。

白い光がペンダントを包み込み、アドリアンの目が鋭くなった。

「魔力の流れを感じます。このペンダントが魔道具で間違いありません。詳しく調べるには、道具を使う必要がありますが、このペンダントの特徴も、十年前に焼却処分場から失われた違法魔道具と一致しています。この魔道具は一度に一人しか操れませんし、壊れているので安全だとは思いますが、気をつけてください」

「うむ。……聞いての通りだ。衛兵、取り押さえろ！」

「なに、なによ……！　離して！」

セイドリック王太子の言葉に、壁で護衛をしていた衛兵たちが一斉に駆け寄ってくる。

暴れるリリアを取り押さえる彼らに、リリアが髪を振り乱して絶叫した。その目が恨みと妬みに染まっているのをイザベラは見た。

「どうして悪役令嬢がアドリアン様とくっついているの！　それは私の相手よ！」

「悪役、令嬢……？」

イザベラはぽつりと呟いた。悪女、という言葉、悪役令嬢、という言葉、似ているようで違う。

思えばいつもそう、リリアに接触しておかしくなった人は、みんな悪役令嬢、という言葉を使っていた。まさか、あれもリリアが操っていたからだというのだろうか。

……彼らが、リリアの考えた言葉で話していたから。

イザベラの呟きに噛みつくように吠《ほ》えながら、リリアがイザベラをねめつける。

「私は転生者よ！　この世界は小説の中の世界なの！　私はこの世界のヒロインで、だから私がアドリアンと結ばれるべきなのよ！」

誰かが「転生者……？」とぽつりと呟く。先ほどの支離滅裂な発言からずっと、リリアは自分が不審がられていると、それにも気づかず、叫び続けた。

「なのになんでよ！　悪役令嬢はなにもしないいし、私をいじめない、悪役令嬢なら自分の仕事くらいしなさいよ！」

「……だから、イザベラを操ったのか？　いじめられたと自作自演までして」

アドリアンの声が冷たく凍る。リリアはもはやそれすらどうでもいいと思っているのか、なげやりに言い放つ。

「そうよ！　悪い!?　ここは私のための世界なんだから当然じゃない！　私はフリッツとアドリアンに奪い合われて、結果アドリアンと結ばれて、幸せに愛されるの、そうなるはずなのよ！」

リリアがぎゅっと、ペンダントのあった場所を握りしめる。ぎり、と音がするほどきつく、きつく。

「だってここは小説の世界なんだから！」

「――ここは現実よ！」

イザベラは叫んだ。それだけは、認めてはならない、と思ったからだ。だって、それは、ここに生きる人々を――アドリアンを、否定する行為だから。

「あなたは、アドリアン様を――アドリアン様たち、ここにいる人たちを、非現実だとでも思っているの……!?」

「なぁにを……？」

リリアがじとりとイザベラを睨みつける。

衛兵に押さえつけられていなければ、イザベラに今にもとびかかろうというまなざしだった。それほどの憎しみを向けられていると、イザベラは理解した。

「なにを言うのよ、悪役令嬢！　あんただって作り物のくせに、意志なんか持つんじゃないわよ、この世界のバグ、そう、あんたはバグよ！」

髪を振り乱して吼《ほ》えるリリアに、もはやあの愛らしかった面影はない。憎しみと妬み、恨みに染まり切った青い目は暗くよどんでいて、それなのに異様な光だけは失わず、炯々とイザベラを見ている。イザベラは小さく繰り返した。

「バグ……？」

「そう、バグよ！　あんたはここにいるべきじゃない、おとなしく破滅しておけばよかったのに！」

リリアがうなるように叫んだ。

その、一言に。

――空気が凍る。ぴし、ぴし、と床が、窓が凍てついていく。その冷気はまっすぐにリリアへと向かい、リリアのドレスの裾を凍らせ、床に張り付けた。

「その口を、今すぐ、閉じろ」

「な……、ひ……！」

リリアが目を見開き、おびえたようにアドリアンを見上げる。イザベラは、アドリアンのこんなに冷たい、怒りに満ちた顔を初めて見た。

ここにいるべきではない。イザベラはバグ。そうリリアは言った。

確かにそうかもしれない。この世界が本当に小説なら、イザベラは物語を崩壊させたバグだ

ろう。けれど、この世界は紛れもない現実だ。

「なに、アドリアン。私はヒロインよ⁉　なんでこんなこと……」

アドリアンが一歩進む。リリアの唇が青い。アドリアンがリリアを殺してしまう、と直感で分かった。

「アドリアン様……！」

そんなことをしてはいけない。あなたがそんなことをする必要なんてない。

そう思ってイザベラがアドリアンの腕を強く引いた、その時、かつてイザベラの婚約者だったフリッツが、リリアとアドリアンの前に立ちはだかった。

「もういいだろう、リリア」

彼はリリアをじっと見つめ、弱り切った、苦しそうな声で吐き捨てるように言った。

リリアが一瞬ほっとしたような顔をしたが、立ちあがろうとして衛兵にまた床に押し付けられる。そこで思い出したのだろう。告発者が誰だったのかを。

「フリッツ……！　裏切り者、裏切り者！」

リリアが今度はフリッツに怒鳴り散らす。どうして私の味方をしてくれなかったの、と、まるで「そうするのが当然だ」とでもいうようにわめく。

「あんたはずっと私を信じて、味方をしてくれないといけないの、それがあんたの取り柄でしょ！　負けヒーローのくせに！」

「……俺は、君が好きだった、それは本当だ。でも、リリア、俺だって、愛想が尽きるということもあるんだ。……もともと、君は俺を見ていなかっただろうが」

イザベラにいじめられている、と泣きつかれて同情したんだ、とフリッツは言った、

「君が俺を愛していないのに、無条件に愛せるほど、俺は盲目になれなかった。まして、物のように扱われては。……イザベラと婚約破棄をした後、俺は怖くなった」

フリッツはイザベラをちらと見た。

アドリアンが、その視界から隠すようにイザベラを抱きしめる。

それに乾いた笑い声をこぼして、フリッツはリリアに向き直った。

「君がどんどんおかしくなっていくのが怖かった。イザベラに対する恨み事をずっと口にする君が怖かった。……それで、ある日知ったんだ。違法魔道具のことを、君が、イザベラにしてきたことを」

フリッツは一つ、大きく息を吐いた。

「違法魔道具を持つことは犯罪だ。それを使うことも。俺は、君にこれ以上付き合っていられない」

「――――！　裏切り者！　守るって言ったのに、嘘つき！」

リリアが眉を吊り上げてフリッツを罵倒する。

フリッツがうなだれて、それを聞いている。

イザベラは――イザベラは、我慢できなくなってアドリアンの腕の中を抜け出た。

イザベラのしようとしていることを悟ったのだろう。アドリアンが、その後ろを守るようについていてくれる。

「やめなさい！」

かつかつとヒールの音が響く。

視線が集まる。ホール中の全員が、固唾をのんでイザベラを、リリアを、アドリアンたちを見つめている。イザベラは構わず口を開いた。

「あなたは、子供だわ。この世界をおもちゃだと思っているの？　ここは人が生きて、暮らしている現実よ。その人々を侮辱することは、あなたが生きる世界を否定することと同じだわ」

「悪役令嬢が説教しないでよ！」

駄々《だだ》をこねるようにリリアが暴れる。

押さえつけられているせいでどうにもできていないが。

……どうしてこんな人が怖かったのだろう。

イザベラは自分の中の恐れが今にも溶けていくのを感じていた。

「私の世界よ！　私の、今は、私が、ヒロイン、主人公なのよ！」

「ここに生きる人は、皆がそうよ。あなただって」

「――うるさい、うるさい、うるさい！」

イザベラの話を聞きたくない、と泣《な》き喚《わめ》くリリア。もがいた拍子にその細い手が衛兵の手をすり抜ける。リリアはそのままイザベラを殴ろうとした。

ぎゅっと目を閉じる。かわいそうな子どもだと、今は思う。

だから、甘んじて受け入れよう、そう思ったとき、その振り下ろされた手を掴むものがあった。

アドリアンが、守ってくれたのだった。

「そこまでだ」

「アドリアン様……」

「どうして……！」

自分がついになにもできなかったことに、リリアは絶望したような顔を浮かべた。ホールを見渡して、自分を憐れむ目や軽蔑する目に気付いてはっと息を呑んだ。ようやく、この場のどこにも味方がいないと悟ったのだろう。

「あ、あ……あああぁああ……！」

慟哭《どうこく》がホールに響く。それは女性というより、子供の泣き声だった。

欲しかったものが手に入らなかったという、それだけで泣く子供の。けれど、その絶望じみた想いは、イザベラの胸をぎりぎりと締め付けた。

リリアとイザベラが同じ転生者だったのなら、立場が違えば暴走してしまったのは自分だったかもしれない、と思った。

それだけに、リリアが哀れだった。

アドリアンがセイドリック王太子に目配せをして、王太子もうなずく。

「連れていけ」

リリアは、そのまま騒然とするホールを引きずられるようにして衛兵に連れて行かれた。

これで終わったのだ。それは確かで——アドリアンに、優しく、慰めのように抱きしめられたことも、また、確かだった。

「アドリアン様、私は……」

「君と彼女は違います。君は、同じことがあっても、ブルーベル子爵令嬢と同じことはしません」

リリアと自分の違いとは、なんだろう。物語を逸れようと必死だった自分と、物語通りに進もうと全力だったリリアに、行く先以外の違いなんてないように思える。

「君は、私を現実の、人間だと思っている。それが違いです。そんな君だから、私は信じられるのですから」

イザベラの、アメジストのまなじりから、こらえていた涙があふれる。

それが、悲しみによるものなのか、ほっとしたから零れたものなのかはわからなかった。

エピローグ

あの後、パーティーは解散となり、招待客らはめいめいの屋敷へ帰された。

アドリアンは魔道具について詳しい人間として、また当事者の一人として、事後処理に忙しくしている。

リリアは城の地下牢《ちかろう》に幽閉されているらしい。

所持するだけで重罪である違法魔道具で人を操り、王族にまで危害を加えようとしたリリアは、そのままなら死刑判決を受けるところだった。

そこに温情を求めたのがイザベラだ。

本当なら、その願いも聞きいれられないところであったが、ウェストリンギア公爵夫人たっての希望ということと、一番の被害者だったのがイザベラだったということで、特別に聞き届けられた。

子爵家に見限られ、フリッツという味方も失った彼女の未来は暗いばかりだ。

リリアはこの後、さまざまに尋問を受けるが、最終的な罰は、辺境の地への流刑だ。

それはくしくも原作でのイザベラが受けた罰と同じだった。

フリッツはあの後、自分は生涯結婚しないという誓いを立て、侯爵家の当主の座を弟に譲って出家したらしい。

ウェストリンギア公爵家の王都の屋敷までやってきて謝罪したフリッツは、どこかやりきれないような、けれどなにかを振り切ったような表情をしていた。

コリアス伯爵や衛兵たち、リリアの魔道具で操られた人々も、適切な治療を受けられたらしい。

——ありがとうございます、夫人。

コリアス伯爵は、自身を庇ったイザベラに感謝して頭を下げた。

噂を少しでも信じた自分が情けない、と顔をしかめるその様に、イザベラは苦笑した。

それは、アドリアンのおかげだと言いたかった。

アドリアンが、本当に、なにがあってもイザベラを信じてくれたから、イザベラも他人を信じられるようになったのだから。

「イザベラ、浮かない顔ですね」

「アドリアン様」

アドリアンに声をかけられて、イザベラは前を振り仰いだ。

目の前には、心配そうにイザベラを見つめるアドリアンがいる。

夜の、夫婦の寝室で、差し出されたレモン水を一口飲んだイザベラは、苦く笑って言った。

「どうして、ブルーベル嬢はあんなにも歪んでしまったのだろう、と思って。私と彼女は、転生者という点では同じです。だから、彼女だって、そのままっすぐに、幸せになれるかもしれなかった。私という、変則的な存在がいなければ……」

「彼女が、君がいなければ、と言ったことを気にしているのですか?」

「……」

イザベラは無言で答えた。それは、肯定しているも同じことだった。

そう、イザベラは、あのパーティーからずっと、自分がいなければなにか変わったのではないかと考えている。

「イザベラ、それは意味のない疑問です。君が君である限り、私は君を――イザベラを守ろうと思ったでしょう。それは変わらない事実です」

「それですが、アドリアン様は、どうして私をそんなに信じてくださるんですか?　私は、あなたになにをしたんですか?」

「前にもそんな話をしましたね。イザベラは覚えていないかもしれませんが、君は昔、冤罪《えんざい》をかけられた私を助けてくださったんです」

「冤罪……?」

「ええ、八年前の春、貴族の少年少女だけが集められたガーデンパーティーでした。そこで私は、とある令息の万年筆を盗んだことを疑われて。そこで君が、証拠もないのに疑うのはおかしいと、言ってくださったんです」

「……あ、ああ——！」

言われて思い出した。というよりむしろ、どうして忘れていたのだろう。

ウェストリンギア公爵家主催のガーデンパーティーは、イザベラが幼いころにあった一大イベントだった。

ひとつ言い訳をさせてもらえるなら、あのころイザベラは前世の記憶が戻ったばかりで、ありとあらゆることにいっぱいいっぱいだったのだ。

けれど、あのガーデンパーティーで、黒髪の美しい少年が疑われていたことは、今、はっきりと思いだせる。

あの少年の、すべてに諦めたような目がどうしてもやるせなくて、辛くて……。だから声をはりあげた、というか、口をはさんだのだ。

「覚えています。いえ、思いだしました。私、すみません、今まで忘れていて」

「覚えていてくださったんですか？」

アドリアンはイザベラの答えにぱあぁ、と効果音がつきそうな満面の笑顔を浮かべた。喜ばれると気まずい。罪悪感がひどい。イザベラは視線をうろうろと泳がせながら、すみません、ともう一度呟いた。

「あやまることなんてありませんよ。思いだしてくださった、それが私は本当に嬉しい」

アドリアンは本当に嬉しそうに笑っている。

そこに喜び以外のなにも感じられない。イザベラは小さく咳《せき》をして話題を変えた。

「でも、どうしてあの時のことを、そんなに大切に思ってくださっていたんですか?」

「信じてもらえたからです。八年前のあの日、十五歳の、まだ大人とも呼べない少年だった私は、君というたったひとりの小さな少女に信じてもらったことを、救いだと思ったんです。君はずっと、私の女神でした」

「女神……?　そんなの、大げさです」

「大げさではありませんよ」

アドリアンは胸に手を当てて答える。イザベラは一度大きく息をして、アドリアンを見上げた。

「私に、夜以外に敬語を外さないのも、私を女神だと思っているからですか?」

「……ばれていたんですね」

「ばれますよ」

「あれは、ベッドでは余裕がなくて、その……」

気まずげに目を逸らしたアドリアンに、イザベラはくすりと笑う。

いつか、アドリアンを可愛らしい、と思ったことを思い出した。

「ね、アドリアン様。今、私に対して、敬語、外してくださいません？」

「それは……」

アドリアンが驚いたように目を丸くする。

イザベラは目を細め、アドリアンの頬に手をそっと添えた。

「私、あなたの女神ではありません。……妻ですもの」

イザベラのその言葉に、アドリアンは目を見開いた。そうして、ゆっくりと目を閉じ、大きく息を吸って、吐いて――ゆるゆると目を開ける。

その目は、荒れ狂う感情を無理矢理《むりやり》に押し込めたように潤み、興奮によって炯々と輝いていた。

「――煽ったのは、君だ。……イザベラ」

腕をとられる。ぎゅっと握られた腕をベッドに沈めるように押し倒されて、イザベラは小さく息を呑んだ。

月を背後にしたアドリアンの表情が、逆光でよく見えない。ただ月のように輝く黄金の目だけが鮮明だった。

「イザベラ、君を、絶対に失えない。君を愛している。けれど君は女神だった。だから、私は君を捕らえ、地上に繋ぎとめたんだ。君だけが、私の光だったから」

――……そうしたら、君は本当に、異世界から生まれなおしてくれた、女神だった。

アドリアンはイザベラの肩口に顔を埋めて囁くように言った。

「君を愛している。これは信仰のようなものなのかもしれない。君があの日のように自由に過ごせたらいいと思っていた。けれどもう、君を私の腕から逃がしてやれない。……君に、こんな感情を曝け出すつもりはなかった」

「いいえ、信仰ではありません。だって私は女神ではなくて、アドリアン様の妻です。私も、あなたを愛していますもの」

アドリアンの吐き出すような言葉は、感情がぐちゃぐちゃで、それを自分でも整理できていないようだった。

イザベラは、頬をくすぐるアドリアンの黒髪にキスをした。

アドリアンの爽やかな香りが鼻腔を満たす。心から――心から、この人が愛おしかった。

「イザベラ……」

ちゅ、ちゅ、と何度も口付けられる。

唇に触れるだけだったそれは、何度目かののちに深いものへと変わった。歯列を辿られ、上顎をなぞられる。

こしゅこしゅ、とくすぐるように舌先を動かされると、ぞくぞくと背筋が震える。

神経をそうっと愛撫するような口づけはもどかしく、イザベラはたまらない気持ちになった。

「あどりあ、ん、さま」

「アドリアン、と。イザベラ。君に、そう呼んでほしい」

口づけの合間、息継ぎの際にあえかな声でアドリアンを呼ぶイザベラに、アドリアンはそう返した。

薄いネグリジェの上から柔らかく胸を揉まれて、イザベラの子宮がきゅんきゅんとわななく。もじもじと股をすり合わせるイザベラに、アドリアンがふっと笑って舌を吸った。上がる嬌声を唾液ごと飲み込まれ、イザベラは小さく震えた。

じゅん、と股の間が潤みを帯びて、ぱく、ぱく、とイザベラの秘花が開閉を繰り返す。

「あどりあん……あどり、あん……ッん……んぅ……！」

その名前を呼ぶたびに、アドリアンが嬉しそうに目を細めて舌先を伸ばす。

こすりたてるようにしてあたたかな舌をすりあわされて、息ができなくなる。

甘苦しい快楽がイザベラの頭をぼかしていく。

脚を閉じて腰を揺らす。くち……と粘ついた音がして、イザベラは耳の後ろを熱くした。

アドリアンに散々愛された体は、アドリアンの手の感触を、キスのぬくもりを覚えて、すぐに快楽を拾ってしまう。それをはずかしく思うのに、快楽に抗うことができない。

いいや、抗おうと思えなかった。それは、相手がアドリアンだからだ。

イザベラの手が白いシーツを握りしめる。イザベラの胸を揉んでいたアドリアンの指先が、ゆっくりと腹に降りてくる。

へそを辿るようにして下肢に伸ばされたそれが、イザベラの二枚の花弁をそっと挟むようにきゅむ……と揉んだ。

「……ァ、ああ……ッ！」

「……濡れてる。気持ちいい？　イザベラ」

「ん、ぅ、んん……っ」

イザベラは必死に頷いた。ぷちゅ、とあふれた愛液が秘裂を辿ってシーツへと滴り落ちる。

可憐な二枚の花弁にそっと指を差し入れられると、イザベラはもはや身を震わせることしかできなかった。

最初は中指を、人差し指、薬指、と増やされ、すぐに泡立つほど中をかき混ぜられる。

「ひ……ァ……ッ」

「ああ、ここだ、イザベラの気持ちいいところ」

「ぁああ……ッ」

言って、アドリアンがイザベラの胎内に挿入された指を腹側にくっと曲げる。

すっかりアドリアンに整えられてしまった身体は、そんな簡単な動作にも快楽を拾って、狭い隘路からとぷん、と蜜液をこぼしてしまう。

イザベラが過ぎた快感ではふはふと息をするのを微笑みとともに見下ろして、アドリアンはイザベラの蜜壺から指を引き抜いた。

「ああ……う……」

急になくなった質量に、イザベラは甘い声を上げた。アドリアンの指を追いかけるように、イザベラの膣襞《ひだ》がぎゅっとその指を抱きしめた。

「イザベラ、かわいい……。私の指が恋しいんだね」

「言わない、で……っ」

イザベラは顔を熱くしてふるふると顔を振った。

生理的な涙が空に散り、月の光を受けてきらきらと輝いた。

はずかしいことも、優しいことも、意地悪なことも教え込まれて、イザベラはもう限界だ。

「イザベラ、傷になるよ」

アドリアンがイザベラの、シーツを握って真っ白になった手の甲をなでる。

優しい手つきで導かれるように、アドリアンの首にイザベラの腕が回された。近くなった距離に、イザベラはまた熱く息をこぼす。

近付いた分だけ、アドリアンの顔がよく見える。

イザベラは腰を無意識にくねらせてアドリアンを誘った。この人が、欲しい、と。

この人が好きだ、と思って——アドリアンという人が、自分のために生まれてきてくださったんじゃないかと高慢なことまで考えた。

——私の、アドリアン様。私の、私だけのあなた。

金の瞳と、紫の瞳、視線がまじりあって、互いの目に互いだけが映っている。

イザベラは涙で滲んだ視界の向こうで、こちらを見つめる熱のこもったアドリアンの瞳を愛しく思った。

ぎゅっと伸び上がるように抱き着いて、イザベラは小さく、小さく呟いた。

「アドリアン、来て……」

宝物みたいな彼の名前を呼ぶ。

はしたない願いは、けれどそれほどアドリアンが欲しいという証明だ。

アドリアンの目が丸くなり、イザベラを映す。

あ、満月みたい。そう思った。

「――ッ、イザベラ……！」

アドリアンの熱杭が、イザベラの花弁を割り開く。くち、にち、と水音を立てて、もどかしく入り口をなぞったそれが、次の瞬間勢いよくイザベラの蜜壺を貫いた。

「――ぁああ！」

イザベラの、悲鳴のような嬌声が部屋に響く。

アドリアンの顎から汗が伝って、イザベラの胸にぽとりと落ちた。

「く……ッ、イザベラ、きつ……」

「ふか、いぃ……」

何度も愛し合い、穿たれてこなれた蜜壺は、アドリアンの感情のまま殴りつけるような挿入を柔らかく受け入れた。

ぎゅうっと抱きしめた雁首が、イザベラの媚肉をかき分けて最奥へ到達する。

心の準備なく、子宮口に重く、深く叩きつけられた熱の塊に、イザベラが耐えられるはずもない。

ぷし、と透明な液体がアドリアンの腰に吹きかかる。

けれど、それを申しわけなく思う間もなく、アドリアンが、眉間に皺《しわ》をよせ、苦し気に吐き出した言葉に、イザベラは背筋を震わせた。

「イザベラ、少し、早いけれど、動く、よ……！」

「や、まって……ッ！　ぁあ……ッ！」

ぞりゅ、ぞりゅ、と膣壁をこすりたてられ、イザベラは甘く嬌声を上げる。

腹側のざらつきを掻きむしられ、狭い隘路を何度も押し広げられると頭がぼやけておかしくなりそうになった。

「あ、ぁあ……あん……ッ」

「イザベラ……ッ」

奥を突かれ、引き抜かれる。熱杭がイザベラの胎内から抜け落ちそうになるたびに、イザベラの膣襞がざわめいて、行かないでと哀願するようにアドリアンの剛直を抱きしめる。

そうしておいて、いよいよ完全に抜けそうになると、勢いよく奥に熱杭を叩きつけられて、イザベラはもはや喘ぐことしかできなくなる。

ぎゅうう、と抱きしめたアドリアンの顔に、イザベラの胸が触れて、それもまた刺激になって、戻ってこられない。

何度も何度も穿たれ、イザベラの媚肉が震え始める。限界が近いのだと、どちらともなく悟った。

「イザベラ、愛している、君を、愛している……」

「あ、ぁ——……ッ」

アドリアンが何度もイザベラを呼ぶ。狂おしいほどの熱がイザベラの中を駆け巡った。

——そうして、アドリアンが息をつめ——胎内に、熱い奔流が注がれて、イザベラの視界は一瞬白く染まった。

「は、はぁ、は……」

「は……」

息が荒く、月の高い夜の部屋に響く。

くらくらするような快楽に翻弄されたせいだろうか。イザベラの意識は半分ほど飛んだままだ。

「イザベラ」

「アドリアン……、ッ!?」

アドリアンの両手がイザベラの腰を掴み、引き上げるようにして体勢を変えた。

アドリアン上に乗る形になったイザベラは目を白黒させて、導かれるままアドリアンのたくましい腹に手をついた。

きゅん、と収縮した膣道がアドリアンの剛直を締め付ける。

「ぁあ……ッ」

途端、硬さを取り戻したアドリアンの熱杭に、腹側のざらつきを掻きむしられる形になって、イザベラは甘い声をあげた。

自重でより深くまでアドリアンを咥え込む形になったために子宮いっぱいに広がる重く甘い快感に、イザベラのただでさえぼやけた思考がさらに煙る。

「あ、ああ……」

「イザベラ、自分で動けるかい？　気持ちいいところ、自分で擦って」

「むり……むりぃ……っ」

そう囁かれて、甘い声音が優しくイザベラの思考を侵食する。

腹の内を埋める体積が、呼吸のわずかな振動でイザベラの膣壁をざりりとこするだけで、イザベラの体は痺れて動かなくなってしまうのに、自分で動くなんてそんなの無理だ。

アドリアンの指先が、イザベラの媚肉をかき分けて、アドリアンをほおばってきちきちになった入り口をくるうりとなぞる。

「ん……ッ」

それだけでたまらなく気持ちよくて、続けざまの快感にどうにかなってしまいそうになる。

イザベラはアドリアンの腹に手をついたまま、じわじわとしみいるような感覚に顔を赤くした。

耳の後ろがかあっと熱くて、頭がふつふつとゆだっていく。

「イザベラ……。恥ずかしくなってしまった？　顔が赤くて……ふふ、挿入《はい》っているだけなのに、気持ちいいんだね」

アドリアンの手がイザベラのぽこりと膨れた胎を撫ぜ、愛しく滲んだ声が柔らかくイザベラの耳朶を打つ。

「意地悪……意地悪……っ」

「ああ、泣かないでイザベラ。私のしたことで快楽を感じている君が、かわいくてしかたなくて……つい、ひどいことを言ってしまった」

「ああ、ああん……ッ」

そう言うアドリアンだが、その言葉に続いて訪れた膣への刺激に、イザベラは涙をこぼして目を見開いた。

こんなことを言っておきながら動くなんてずるい。

熱い剛直で膣道を揺らされる。くち、にち、と粘ついた音がして、そのたびに頭の後ろがしびれるような快楽がイザベラの背筋を駆け抜けていく。

とくん、とくんとときめく隘路に身を震わせ、イザベラがきゅんきゅんとアドリアンを締め付けたとき――アドリアンが、くす、と笑った。

「アドリアン、ど、して笑ってるんですか……？」

「君がかわいくて。ふふ、気付いている？　イザベラ。君は、今、自分で動いているんだよ」

「え……ひぁあ……っ⁉」

イザベラは一際高い声をあげてのけぞった後、アドリアンの腹についた自分の腕を見下ろした。

その手は指先までに力が入っていて、イザベラの動きを助けていた。そう、イザベラの動きを。

「は、ぉ……ッ」

ゆさゆさと揺れているのは紛れもなくイザベラ自身だった。

痺れるような快楽がイザベラの動きに合わせて訪れる。気付いてしまえばもうだめで、イザベラはアドリアンの腹に手をついたまま、わずかにアドリアンの熱杭を膣道から抜き、ぱちゅん、と自重で沈み込む動きを繰り返す。

「あ、あっ、あ……」

「イザベラ、かわいい……かわいいね……」

アドリアンの手のひらがイザベラの腰を優しく撫でる。それを褒められていると受け取った体は勝手に悦び、ぺち、ぱちゅ、と音を立ててアドリアンの腰に自分の尻たぶを打ち付けた。

「これ、ふかいぃ……ッ」

イザベラの体重が繋がっている一点にかかり、深くまでアドリアンを受け入れてしまう。アドリアンの熱杭が子宮口にキスをして、そこからぐに、と押し込まれる。たまらない悦楽に、イザベラの目がとろりと蕩けていく。

「あ、ぁん、あ、ああ……っ」

「イザベラ、君は本当に素敵で、かわいい……こんなに必死に私のことを食い締めて、しがみついている。愛しいという言葉に上がないのが残念だ」

「あ、ああ……ッ、アドリアンッ、アドリアンッ」

イザベラの思考がゆるゆると曇る。

気持ちよくて、アドリアンが好きだという気持ちばかりが膨らんで、どうにかなりそうなのに、この感覚にずっと浸っていたいと思ってしまう。

「アドリアン、好き……ッ」

その言葉を口にしたのは無意識だった。

アドリアンの腹についたままだった腕が力を失い、イザベラはアドリアンの上に倒れ込んだ。胸がアドリアンの胸板でつぶれて形を変える。

「は、ぁ……、あ……ッ!?」

その、瞬間だった。

アドリアンの熱杭に、イザベラは下から突き上げられた。

ずん、と甘重い衝撃がイザベラを襲い、陶酔しそうな快楽が背筋を駆け抜けていく。

「あああ……っ」

「ごめんね、イザベラ、あんまりかわいいことを言われて、こらえることができなくなってしまった」

「ひぃ、ぁあ……ッ、そこ、だめぇ……っ」

全身がもう疲れ切っている。

どこもかしこも力が入らないから快楽を耐えられないのに、打ち付けるような力強さで奥の奥までを愛されて、イザベラは甘く声をあげるしかできない。

アドリアンが、投げ出されたイザベラの手をぎゅっと握る。

熱い体温にくらくらして、汗の匂いすら心地が良くて、イザベラは自分自身が融けてしまう、と本気で思った。

「あどりあ、アドリアン、ああ、ああ……ッ」

イザベラの嬌声が甘くなるのは、アドリアンの律動が速くなるということだった。

イザベラの最奥に何度も何度もアドリアンは熱杭を打ち付け、そのたびに自分の体重で奥ま

で押し込まれるアドリアンの熱に、イザベラは声を上げることしかできない。

快楽が頭を蕩かせて、この人が好きだ、という気持ちばかりがイザベラの胸を埋め尽くす。

愛されて幸せだ。アドリアンを、愛している。

ぽっかりと浮かんだ月がカーテンの向こうで輝いているのを、どこか他人事のように見てしまう。

それだけ、イザベラは今満たされていた。

「イザベラ……ッ」

「アドリアン、ああ……ッ」

やがて熱い飛沫がイザベラの腹の中で迸《ほとばし》る。体の内を、指先まですべて満たすような熱を感じて、イザベラは微笑んだ。

アドリアンの匂いに、涙があふれる。幸せが流す涙は、こんなにもあたたかいのだ。

——…………。

——……。

——…。

はあ、はあ、と熱のこもった吐息が寝室に響く。

イザベラがゆっくりと目を開けると、そこにはこちらを愛しげに見つめるアドリアンの顔があった。

たまらない気持ちになって、イザベラはアドリアンの背に力なく添えられたままの手で、その背を撫でた。

アドリアンの金の目が細くなる。

「アドリアン、私も、あなたを愛しています……ん……」

イザベラが、かすれた声で、囁くように告げた言葉の終わりが、アドリアンのキスに飲み込まれる。触れた唇はあたたかく、イザベラの胸の奥までに熱を伝えてくれるようだった。

「私、あなたに、信じてもらえて、本当に、本当に、幸せです」

「――私も、君を信じたことが、心から、幸せだ」

アドリアンが優しく目を細めて、イザベラはそれに微笑み返した。

群青の空に星が散っている。遠くに朝焼けの朱が見える。

ずっと、ずっと、信じてもらいたかった。誰かに、手をとってもらいたかった。

それを叶えてくれたのはあなたで、それは、とてつもない幸福だった。

ほろ、と零れた涙を、アドリアンが拭ってくれる。だから、イザベラは、心から――心から、幸せに笑ったのだった。

◇◇◇

それから三か月後、ウェストリンギア公爵であるアドリアンと、その妻イザベラの結婚式は待ちに待った初夏の日、ようやく執り行われた。

スピネル王国の歴史書にも残った結婚式の様子は、ウェストリンギア公爵の「妻へ送る結婚式をよりよいものに、と悩んでいるうちに、もう少し、もう少しと時間と規模ばかりが大きくなってしまった」という言葉通り、王族のそれにも匹敵するほど華やかで盛大なものだったという。

冤罪は晴れて一度は悪女とうたわれたイザベラ夫人を、真に悪女と呼ぶものはもういない。彼女を溺愛する公爵が、誰よりも、なによりも、妻であるイザベラ夫人の無実を絶対的に信じ続けた、というのは、後世に残り続ける有名な話である。


「アドリアン」

「イザベラ、どうしたんだい？」

「私、あなたを信じられて――あなたに信じてもらえて、本当に幸せだわ。ずっと、ずっと。……あの日、あなたの手をとって、よかった」

「――私も、だよ。イザベラ。あの日、君に求婚してよかった……」

ウェストリンギア邸の温室。産まれたばかりの赤子を抱くイザベラは、その言葉を聞いて花がほころぶように笑った。

悪役令嬢の終わりは破滅だと思っていた。それが、今、こんなにも愛されて、笑える日がきたことが、今でも時折、奇跡なんじゃないかしら、と思うことがある。

けれど、これは紛れもない現実だ。イザベラはアドリアンを見上げた。微笑みがイザベラを柔らかく包み込む。幸せだわ。と、イザベラはもう一度そう思って、笑った。

あとがき

蜜猫文庫様でははじめまして、高遠すばると申します。

悪役令嬢、溺愛もの！　最高の材料ですよね、私も大好きです。

そんな大好きな材料をコトコト煮込み、完成したのがこの「どんぶり一杯の生クリーム」

……もとい、このお話でございました。

アドリアンとイザベラの甘くも波瀾万丈な日々を書いている時間は本当に楽しく、「イザベラはどうしたい？　うんうんそっか、がんばろうね」と己の中のキャラクターたちと対話する日々でもありました。

……と、良い感じのことを書きましたが、実は私はあとがきを書かせていただくのははじめてでして、今、本編を書くより緊張しております。

あとがきというのは作者の自我だと思っていて、あとがきを読むのは大好きなんですがいざ自分が自我を出していくことになると「ホァ……？」とぽかん顔するしかなくなります。

何を書くのか悩みまくりましたが、せっかくですし、私の好きなヒーロー像、そしてそれを踏襲して生まれたアドリアンについて話していこうかなと思います。

何を隠そう、ヒーローは一途さが命！　と豪語する私です。

常日頃から友人たちと「ヒーローの愛は重ければ重いほどいい。かわいいヒロインを誰よりかわいいと知っているのがヒーローであり、その一途さはちょっと引くぐらいがちょうどいい」とバチバチの持論バトルを繰り広げております。

アドリアンというヒーローを思いついたのもそんなバトルを繰り広げた日の昼下がりでした。「何があってもヒロインを信じてヒロインすら困惑させるほど愛の重いヒーロー、最高では？」

まるで空から降りて来たようにピタ！　とハマったヒーロー像、アドリアンという名前がついたのは直後のことで、そこからは湧き出るようにイザベラというヒロインやストーリーが浮かんできました。大変だったのはアドリアンの制御で、イザベラのためなら（本当に）なんでもできる彼を落ち着かせるのに執筆時間の大半を使ったほどです。

アドリアンが何かにつけ「イザベラを信じているので」と暴走しそうになるので作者の私は何度「落ち着いて？」「待って？」とバックスペースキーを連打したかわかりません。

昔、イザベラにしてもらった、たった一度のこと、イザベラにとってはそれほど大きな意味を持つものではないこと……そんな出来事を宝物のように思い続けて一途に一途に一心にイザベラを想うアドリアン。

この重たいヒーローにときめかないヒロインなどおりましょうか！

……と熱く語ってしまうほど、ヒロインとヒーローの恋に落ちる理由に温度差があるのが大好きなんですね。この高遠すばるって作者はね。

そんなヒーローのことを好きになるヒロイン、イザベラは、今このあとがきを書きながら思い返すと非常に心の広いヒロインでした。

そこがこの「断罪回避失敗！　なのにメインヒーローと幸せ溺愛生活満喫中⁉」が成立した理由かな、と思います。

「イザベラの心が海のように広く深くて良かったね、アドリアン」と、全部書き終えた今なら言えます。

アドリアンに愛されたのがイザベラで本当によかった。頑張ったイザベラを助けてくれたのがアドリアンで本当によかった。

長々と語らせていただきましたが、そろそろ謝辞の時間です。

沢山のアドバイスをくださり、見守ってくださった担当様。

素晴らしいイラストでアドリアンとイザベラに命を吹き込んでくださった花綵いおり様。

応援してくれた家族や友人の皆様。

そして、この本を手に取ってくださったあなたに、感謝をこめて。

高遠すばる

Mitsuneko Label F

蜜猫Ｆ文庫をお買い上げいただきありがとうございます。
この作品を読んでのご意見・ご感想をお聞かせください。
あて先は下記の通りです。

〒102-0075 東京都千代田区三番町8番地1三番町東急ビル6F
（株）竹書房　蜜猫Ｆ文庫編集部
高遠すばる先生／花綵いおり先生

断罪回避失敗！
なのにメインヒーローと幸せ溺愛新婚生活満喫中⁉

2024年10月1日　初版第1刷発行

著　者　高遠すばる　©TAKATO subaru 2024
発行所　株式会社竹書房
〒102-0075
東京都千代田区三番町8番地1三番町東急ビル6F
email : info@takeshobo.co.jp
https://www.takeshobo.co.jp
デザイン　antenna
印刷所　中央精版印刷株式会社

転生王女は
今世も虐げられていますが
冷酷陛下に
甘く愛されてます
水島 忍
Illustration なおやみか
好きなだけ
声を出せばいい

王女エリーゼは前世日本人だった記憶があったが、前世も今世も家族から冷遇されていた。姉姫の身代わりで冷酷だという隣国ヴァルトの国王クラウスに嫁がされた彼女は、そこでも苛められるかと怯えていたがクラウスは存外優しく周囲にも丁重に扱われて癒やされていく。「恥ずかしがる女は、実は嫌いじゃない」クラウスに優しく抱かれて悦びを覚えた夜。自分に自信を付け始めた彼女は希少な光魔法の使い手として目覚め始め!?

蜜猫F文庫